Carlos Puerto

Der Blick

Eine Liebesgeschichte in c-Moll

Carlos Puerto

Der Blick

Eine Liebesgeschichte in C-Moll

Aus dem Spanischen
von Ilse Layer

Arena

Für dich, ADA,
die du an meiner Seite
der Musik dieses Buches
gelauscht hast.

In neuer Rechtschreibung

Der Titel der Originalausgabe lautet »La mirada«
und ist 1997 bei Editoriales Everest, León erschienen.

1. Auflage 2000

Aus dem Spanischen von Ilse Layer
Umschlagillustration von Dieter Wiesmüller
Gesamtherstellung: Westermann Druck Zwickau GmbH
ISBN 3-401-04908-9

INHALTSVERZEICHNIS

»Mit Flügeln, die ich mir errungen,
In heißem Liebesstreben
Werd ich entschweben
Zum Licht, zu dem kein Aug gedrungen!«

GUSTAV MAHLER
Symphonie Nr. 2
Auferstehungs-Symphonie

Ich bin zu jung«, hast du gesagt, während du in den Spiegel geschaut hast und die Fingerspitzen über deine Wangen, deine Augenbrauen, die Ränder deiner Lippen, deine Lider hast wandern lassen . . . »Zu jung, um . . .«

Niemals hättest du gedacht, dass dein Leben plötzlich zu Ende sein könnte. Und nun hast du davon geträumt, noch viele, viele Dinge zu tun, bevor du für immer gehen würdest. Aber der bloße Gedanke an die wenige Zeit, die dir vielleicht noch blieb, wurde dir langsam unerträglich.

Deine Augen, deine schönen marineblauen Augen haben sich in letzter Zeit nur allzu leicht mit Tränen gefüllt. Und jedes Mal, wenn du dich im Spiegel angeschaut hast, weil du irgendeine Spur deiner Furcht darin finden wolltest, ist dein Abbild schließlich hinter dem trüben Schleier deiner Tränen verschwunden.

Aber an diesem Abend, vielleicht dem ersten nach vielen schlaflosen Monaten, hattest du alles vergessen, was jenseits deiner Musik lag.

Der Konzertsaal war bis auf den letzten Platz besetzt. Sogar die Platzanweiser, die gewöhnlich auf dem Flur ein Schwätzchen hielten, hatten diskret Stühle an die Seite gestellt, um das Konzert verfolgen zu können.

Das Wunder, Ada, es war geschehen. Niemand – weder deine Lehrer noch deine Mitschüler noch du selbst, obwohl du doch sonst so optimistisch bist –, niemand konnte es fassen, dass der große Maestro sein Versprechen gehalten hatte. Bei seinem letzten Besuch in Madrid hatte er während eines kleinen Vortrags in der *Residencia de Estudiantes* – dem legendären Institut, in dem auch Dalí, Lorca und Buñuel studiert und gewohnt hatten – versichert, er werde in der kommenden Spielzeit ein spanisches Orchester dirigieren, allerdings unter einer Bedingung: »Unter den Musikern müssen sich Schüler des Konservatoriums befinden.«

Solche Ausnahmen konnten nur bei einem sehr bedeutenden Werk gemacht werden, wenn die Anzahl der professionellen Instrumentalisten verstärkt werden musste.

»Suchen Sie das Stück selbst aus, Maestro«, hatten sie zu ihm gesagt, um ihn zu locken. Und Carlo Maria Giulini, eine der wenigen lebenden Legenden, die es in der Welt der Dirigenten gibt, hatte gelächelt und dabei die Augen verdreht: »Ich habe es bereits ausgesucht: die zweite Symphonie von Mahler.«

Und nun, Ada, war der ersehnte Moment gekommen. Du saßest dort, zwischen deinen Kollegen, und holtest tief Luft, während du dein mahagonibraunes Cello streicheltest – oder hieltest du dich vielleicht an ihm fest, um nicht umzufallen?

Dein Kleid aus schwarzer Seide machte deine Blässe noch schöner. Dein Haar, zu einem Zopf geflochten, fiel herab wie eine rötliche Kaskade, ähnlich dem Abendrot über einer afrikanischen Landschaft.

Deine Finger hüpften auf den Saiten und dem Bogen herum, deine Füße waren unablässig in Bewegung, aber dein Blick . . .

Du, die du immer alles unruhig, ja ungeduldig beobachtet hast, im Spiegel und außerhalb des Spiegels – jetzt hattest du die Augen fest auf das Podium geheftet, auf das der Maestro klettern sollte.

Auferstehungs-Symphonie.

Warum hatte er diese Symphonie ausgewählt und keine andere? Warum ausgerechnet diese?

Kurz zuvor hattest du deinen Blick durch den riesigen Saal schweifen lassen, den das Publikum füllte. Fast genau dir gegenüber die Königsloge mit Ihrer Majestät Doña Sofía, einer wahren Musikliebhaberin. Gleich darauf suchte dein Blick im Parkett die Freude und die Hoffnung der geliebten Gesichter.

Dort saß dein Vater, ernst, bestimmt aufgeregter als du; deine Schwester Berta, lächelnd und noch aufgeregter als dein Vater; deine Freundin Gaudi und ihre Tochter Isabel; und auch Mavi.

Unwillkürlich blieb dein Blick an einem leeren Sitz hängen, dem Platz von jemandem, der vielleicht nicht hatte kommen können wegen irgendeiner Krankheit, vielleicht wegen eines Unfalls, aber keinesfalls aus Vergesslichkeit. Für einen Augenblick, einen schmerzlichen Augenblick lang, ging dir durch den Kopf, dass dieser Sitz für ihn reserviert war.

Freude und Hoffnung.

Während der lang ersehnte Augenblick immer näher rückte, bliebst du dort sitzen, aufrecht auf deinem Stuhl, leise lächelnd wegen dem, was in ein paar Minuten geschehen würde; vielleicht weil du – und sei es auch nur für eineinhalb Stunden – die Gedanken besiegen würdest, die zu deiner Qual geworden waren.

Du hattest beschlossen standzuhalten, um diese Aufführung mit der ganzen Kraft deines Herzens zum Höhepunkt zu machen. Doch gleich würde dein Kopf zulassen, dass die Erinnerung dich überflutete, dass deine Gedanken zurückeilten in die Vergangenheit, eine nahe Vergangenheit und doch so fern wie der Gedanke an die feine Linie, die das Leben vom Tod trennt.

Ada . . .!

Auf der Bühne saßen rings um dich herum die mehr als hundert Lehrer, die heute deine Kollegen waren, bereit, das Werk von Mahler zu spielen. Der Chor ging hinter dir noch einmal ungeduldig die Texte durch. Insgesamt fast dreihundert Menschen, bereit, dem Taktstock von Maestro Giulini zu gehorchen.

Alle konnten es kaum erwarten, mit einem innigen Applaus den Dirigenten willkommen zu heißen, der gleich in Begleitung der beiden Sopranistinnen erscheinen würde, die die Arien der Auferstehungs-Symphonie singen sollten.

Deine Augen, Ada, waren jetzt fest auf die Partitur geheftet. Aber du hast sie nicht gelesen, du hattest nicht vor, die vielfältigen Geheimnisse des Komponisten zu ergründen. In diesen Momenten haben sich die Noten, die auf dem Pult ruhten, nach und nach in Ameisen auf einem Schneefeld verwandelt.

Nein, Ada, jetzt darfst du nicht weinen! Jetzt nicht! Jetzt, wo die Türen geschlossen sind und das ganze Orchester und der Chor darauf wartet, aufzustehen und Giulini zu begrüßen, jetzt nicht ...

Wo bist du jetzt gerade? Wo warst du vor fast einem Jahr, als die Sonne frühmorgens hinter den Dächern von Paris hervorblinkte ...?

ERSTER SATZ: ALLEGRO MAESTOSO

»O glaube, mein Herz, o glaube:
Es geht dir nichts verloren!
Dein ist, ja dein, was du gesehnt,
Dein, was du geliebt,
was du gestritten!«

Du dachtest nicht etwa an deine französische Urgroßmutter, die aus Limoges, sondern die Bilder kamen und gingen auf der Suche nach deinen Gefühlen.

Ja, es war fast ein Jahr her, dass du dich verliebt hattest. Es stimmt doch, dass du noch jede Einzelheit weißt? Wie solltest du dich nicht an den Sonntagmorgen erinnern, damals im Sommer, als die Straßen von Paris fast ausgestorben wirkten? Du bist Brot kaufen gegangen, ein Baguette fürs Frühstück (Margarine, Marmelade, etwas Käse), aber der Fluss hat dich zu sich gerufen.

Du bist die Freitreppe hinabgestiegen, die zum Ufer führte, nicht weit von dort, wo ein paar Clochards lagen und von Rotwein beseelt schliefen. Du hast an dem Brot geknabbert, während du dein Spiegelbild in der Seine angeschaut hast. Du hast nicht auf die Barkassen geachtet, auf die Lastkähne, auf die *bateaux-mouche*, die die Touristen so sehr mochten und die jetzt am Ufer verankert lagen.

Aber du warst keine Touristin, stimmt's, Ada?

Was warst du dann?

Dir kamen die Lieder von Brassens in den Sinn, die du bei der Frau, bei der du damals als Austauschschülerin wohntest, immer auf dem alten Grammophon gehört hast. Im Gegenzug war ein Junge in deinem Alter (fünfzehn, sechzehn Jahre?) zu dir nach Hause nach Madrid gekommen. Deine Schwester verliebte sich übrigens auf den ersten Blick in ihn; sie sagte, er habe große Ähnlichkeit mit Brad Pitt, aber natürlich als Franzose.

Madame Jeanson war eine Frau, die etwas Arrogantes an sich hatte, sehr steif beim Sprechen, niemals nachlässig in ihrer Kleidung oder ihrer Frisur. Sie schien aus einem anderen Jahrhundert zu stammen, wie das Mobiliar ihrer Wohnung in der Rue de la Harpe, mitten im Quartier Latin, das während der Vorlesungszeit nur so wimmelte von Studenten und jetzt von Touristen auf der Suche nach Ambiente bevölkert wurde.

Auf der Schallplatte, die du in dem Sommer dutzende von Malen gehört hast, sang Brassens:

»Monseigneur l'astre solaire
comme je n'l'admir' pas beaucoup ...

»... Ich hab ein Rendezvous mit dir.
Am liebsten mag ich das Licht
deiner eifersüchtigen Augen;
alles andere ist mir egal.
Ich hab ein Rendezvous mit dir ...«

Du hast zum Himmel geschaut und die Sonne gesucht, die sich halb hinter den Türmen von Notre-Dame versteckte. Dann hast du dich zum Wasser hinuntergebeugt, und dort, zwischen den Spiegelbildern der Dachkammern, zwischen dem Geglitzer der Sonnenstrahlen, das dich in diesen Augenblicken wirklich nicht die Bohne interessierte – da hast du ihn gesehen.

Überrascht hast du dich umgedreht. Überrascht von seiner Art zu lächeln, denn es war ein Lächeln, als kenne er dich schon ewig. Vielleicht ein Nachbar aus dem Viertel? Ein heimlicher Verehrer? Du hast eine Geste gemacht, als versuchtest du herauszufinden, was genau er wollte. War er vielleicht hergekommen, um mit dir zu sprechen?

»Kennen wir uns?«, hast du ihn neugierig gefragt.

Seine Antwort verwirrte dich noch mehr:

»Ich dich schon.«

Der junge Mann strich eine Haarsträhne, die ihm in die Stirn fiel, nach hinten; eine Geste, die du noch oft sehen solltest im Laufe der folgenden Monate deines Lebens.

Dein Leben ...

Verzeih, dass ich von deinem Leben spreche, Ada, aber in dem Pariser Sommer warst du so voller Leben, dass du gewirkt hast wie die Seine im Winter, wenn ihr Wasser die steinernen Freitreppen erreicht und die Straßen überflutet.

»Ich heiße Andrés«, antwortete er dir in perfektem Spanisch, »und du?«

»Woher kennst du mich?«, wolltest du wissen, überrascht von dieser »spanischen Begegnung« in Paris.

»Von der *cinémathèque*, letzten Samstag, weißt du noch?«

Dir fiel ein, dass du dir am vergangenen Samstag einen alten Film von Bergman angesehen hattest: *Wie in einem Spiegel*. Er hatte dir gefallen, nicht nur wegen seiner faszinierenden Bilder (die Insel in Schwarzweiß, die Theateraufführungen bei Kerzenlicht, die Ankunft des großen Helikopter-Spinnen-Gottes ...), sondern auch wegen seiner beeindruckenden Musik: ein Solo für Violoncello von Bach.

Als das Licht im Saal wieder anging, hast du in deinem Rucksack noch nach einem Taschentuch gesucht. Da hat dir jemand wortlos ein Papiertaschentuch gereicht. Jemand, der jetzt sagte, er heiße Andrés.

»Du hast gesagt, dir wäre etwas ins Auge geraten ...«

»Das war geschwindelt. Ich war gerührt.«

»Ich auch«, gab Andrés zu und spielte wieder mit seinem Haar. »Das ist ein eigenartiger Film, ganz anders als die, die heutzutage gemacht werden, aber er gefällt mir.«

Andrés sah dich an, als wolle er etwas Besonderes entdecken.

»Und die Musik ist wunderschön«, hast du gesagt.

»Ja«, sagte Andrés, »wunderschön.« Nach einer Weile fügte er hinzu:

»Da war noch etwas, was mir gefallen hat.«

»Die Bilder? Die Schauspieler?«

»Du.«

Ein Moment des Zweifelns, des Schwankens, der erwiderten Blicke, dann ein einhelliges Loslachen wie bei zwei Kindern, die plötzlich das Geheimnis einer Puppenspielfigur entdeckt haben.

Du hast spontan reagiert: Du hast ihm ein wenig Brot angeboten, wie es in der Wüste ein Berber mit seiner Milch und seinen Datteln gegenüber einem Neuankömmling getan hätte.

»Hast du Lust auf einen *café crème*?«

»Lieber einen Tee mit Zitrone.«

Durch die großen Fenster des Cafés hast du den St.-Michel-Brunnen gesehen, obwohl du im Grunde damit beschäftigt warst, deinen Blick ganz ungeniert über dieses Gesicht gleiten zu lassen, das du in der Dunkelheit eines Kinosaals kennen gelernt hattest und das dir jetzt pausenlos von sich selbst erzählte.

Es hat dich nicht weiter interessiert, dass dieser junge Mann an einem seltsamen Sommerkurs über Versteinerungen oder etwas in der Art teilnahm oder dass er drei

Geschwister hatte oder dass er von allen französischen Gerichten einen Nachtisch am liebsten mochte: *chocolat liégeois;* es interessierte dich auch nicht besonders, wie er einen berühmten französischen Fernsehmoderator nachmachen konnte …

Du hast dir seine Hände angeschaut, schmal, mit langen Fingern und kleinen Nägeln. Hände, die du vom ersten Augenblick an berühren, streicheln und vor allem an deine Wange führen wolltest, um ihr Streicheln zu spüren.

Im Gegensatz dazu sind dir seine ausgeprägten Kinnladen aufgefallen, die dich an einen Urwaldforscher erinnerten. Und seine Augen (auch wenn du in diesem Augenblick nicht einmal bemerkt hast, dass sie schwarz waren, so schwarz wie der Panzer eines Skarabäus), Augen, die fast völlig verschwanden, wenn er lachte; und er lachte so oft …!

»Woran denkst du?«, hast du gefragt.

»An dich«, gestand er.

»Und darf man erfahren, was du über mich denkst?«

»Dass du genau hinschaust.«

»Ach ja? Und was soll das heißen, ich schaue genau hin? Das ist doch normal«, hast du gesagt, obwohl du ganz genau wusstest, was er meinte. »Du schaust auch genau hin.«

»Danke«, murmelte Andrés ein wenig verlegen und machte auf einmal ein ernstes Gesicht.

»Vielleicht ist dieser Augenblick der Beginn einer großen Freundschaft.«

Andrés fand sein Lächeln wieder:

»Das klingt mir nach dem Ende von *Casablanca*.«

»Einverstanden, Humphrey«, hast du scherzend gesagt.

»Einverstanden, Ingrid.«

In diesem Moment hast du gemerkt, dass du ihm deinen Namen noch gar nicht gesagt hattest.

»Weißt du, wie ich heiße?«

Du wolltest es gerade sagen, da verschloss er dir die Lippen mit seinen Fingerspitzen.

»Du heißt ... sag's mir nicht ...«

Sogleich ratterte er eine Reihe von unmöglichen Namen herunter, Namen von Hauptdarstellerinnen aus Filmen.

»... Scarlett O'Hara? Shanghai Lily? Gelsomina? Catherine Trummell?«

Zuerst hast du einen Schluck Tee getrunken. Dann hast du dich seiner Wange genähert, etwas weiter nach unten seinem Hals, der von einem kurzen Zwei-Tage-Bart bedeckt war, dann wieder nach oben bis zu seinem Ohr, und der Versuchung widerstehend, daran zu knabbern, hast du ihm zugeflüstert:

»Ada.«

»Ada?«, fragte er bestimmt verwundert. »Von welchem Namen kommt das?«

»Von Inmaculada.«

»Dann werde ich dich Inma nennen.«

»Du wirst mich Ada nennen«, hast du im Brustton der Überzeugung gesagt, bevor jeder von euch in die Augen des anderen hinabgetaucht ist.

»Ada ...«

Vielleicht hätte er dir gern gesagt, dass dies nicht der Beginn einer großen Freundschaft war, sondern weit mehr. Vielleicht hätte er dich gern vor allen Leuten geküsst. Aber dir war wirklich angenehm, dass er es nicht tat, dass er einfach deine Hand ergriff und sagte: »Gehen wir . . .«

Du hast nicht lange überlegt: Du wusstest, dass du ihm in diesem Moment folgen würdest, wohin er auch gehen wollte. Aber würde er dir dorthin folgen, wohin du gehen wolltest, Ada? Und falls ja, wie lange? Vielleicht bis die Suite von Bach verklungen war, die euch in Bergmans Film verbunden hatte?

Aber es war nicht der richtige Zeitpunkt, um an den nächsten Tag, an die Zukunft zu denken. Es ging um den Augenblick, den du in deinem Herzen eingefangen hattest.

Bei ihm hast du dich wohl gefühlt. Ihr habt beide gelächelt, während ihr schweigend die Straße hinaufgegangen seid und den Straßenlärm für euch habt sprechen lassen. Ihr habt euch in die Augen geschaut und brauchtet nichts zu sagen. Vielleicht habt ihr beide gewusst, dass euer Ziel der Jardin du Luxembourg war, mit seinen uniformierten Kindermädchen und deren Schützlingen, die in dem kreisrunden Teich mit ihren Segelschiffchen spielten.

Auf einmal hast du gelacht:

»Madame Jeanson wartet bestimmt mit dem Frühstück auf mich!«

»Soll sie warten . . .«, antwortete Andrés und machte einen Schritt auf dich zu.

Einen Moment lang hast du gedacht, dass er vielleicht seine Hände über deinen Körper gleiten lassen, dass er deine Schultern, deinen Rücken, deine Brüste streicheln würde. Und auch wenn dein Atem zu sagen schien, dass du zu allem bereit warst mit diesem jungen Mann, hast du dir im Grunde gewünscht, er möge es nicht tun.

Er hat dich einfach nur geküsst. Ein sanfter Kuss, nicht mehr als eine Berührung seiner Lippen mit deinen; nur das Gefühl, dass sein Atem mit deinem Atem verschmolz, ohne Speichel, ohne Leidenschaft . . . Einzig und allein ein warmer Hauch auf deiner sensibelsten Hautpartie.

Als hättet ihr beide Angst vor dem, was geschehen konnte, als hättet ihr euch ohne Worte gesagt, dass dies nicht der richtige Augenblick war und vielleicht auch nicht der richtige Ort für etwas anderes als das Versprechen des Vielleicht, habt ihr euch einfach nur innig umarmt. Weißt du noch, was du gedacht hast, als du ihn so nahe bei dir gespürt hast? Du hast gedacht, seine Lippen schmecken nach Kaffee. Da hast du losgelacht.

»Ich finde es wunderschön, dich lachen zu sehen«, sagte Andrés und lachte mit dir, während er gleichzeitig seinen Arm um deine Taille legte.

»Und ich finde es wunderschön, wenn wir zusammen lachen«, hast du geantwortet, während du den Druck seiner Finger auf deiner Hüfte spürtest und gedacht hast, dass es viel wichtiger war, mit jemandem zusammen zu lachen als zu weinen, auch wenn man vor Liebe weinte.

Ihr habt euch in der Nähe der Sorbonne verabschiedet, ohne Versprechen, ohne Verpflichtungen. Ohne euch auch nur zu fragen, wie es möglich war, dass eine erste Begegnung so viele Möglichkeiten in sich bergen konnte. Aber als ihr auseinander gegangen seid, stand in euren Notizkalendern die Telefonnummer des anderen (oder hattet ihr sie auf dem Stück Papier notiert, in das das Baguette eingewickelt gewesen war?).

Ihr habt nicht »Tschüss« zueinander gesagt oder »Bis dann« oder dass ihr euch ja sehen würdet. Ihr habt euch einfach wieder einen Blick geschenkt, während gleichzeitig deine Hand mit seiner Hand verschmolz und deine Finger sich mit seinen Fingern verschränkten.

Seltsamerweise hatte Madame Jeanson keine schlechte Laune, als du in die Wohnung in der Rue de la Harpe zurückgekehrt bist. Sie hatte ein paar Croissants vom Vortag aufgebacken und zum Frühstück gegessen, und jetzt übte sie am Klavier eine bekannte Sonate von Beethoven; an einem Klavier, das – wie sie jedem erzählte, der es hören wollte – einem ihrer Vorfahren aus der Zeit Napoleons gehört hatte.

Du hast nichts gesagt. Du hast ihr einfach einen Kuss auf die Wange gegeben, dein Cello genommen und sie begleitet. In der Originalfassung der Sonate war eine Violine als Begleitinstrument vorgesehen, aber das war dir in diesem Moment egal.

Du hast gedacht, Beethoven würde sich nicht daran stören, dass du den *Frühling* mit deinem Cello spieltest, und schon gar nicht an diesem strahlenden Vormittag, an dem der Sommer Beethovens ewiger Musik den Vortritt ließ.

Dem Spiegel in deinem Zimmer in der Rue de la Harpe fehlte in der Mitte ein wenig Silberbeschichtung. Um dir die Augen zu schminken oder sogar um dich zu kämmen, musstest du ihn tausendmal hin- und herrücken.

Deswegen bist du an diesem Tag frühmorgens gegen sieben oder Viertel nach sieben ins Wohnzimmer gegangen. Dort stand auf dem Klavier neben einem Wandteppich, auf dem ein Einhorn auf einer Veilchenwiese zu sehen war, ein wunderbarer Spiegel, dessen Rahmen allein schon beeindruckend war.

Du hast dir vor dem Spiegel das Haar gebürstet, bevor du es zu einem Zopf zusammengeflochten hast, so wie du es gern mochtest, so wie du es immer gern getragen hast. Dann hast du überlegt, ob du dich viel oder wenig schminken solltest, nur die Augen oder auch die Lippen, ob Rouge nötig wäre oder eine einfache Grundierung reichen würde. Oder vielleicht gar nichts.

»Noch nie habe ich dich so unentschlossen gesehen«, sagte Madame Jeanson, die offenbar bereits mehrere Minuten hinter dir gestanden und dir zugeschaut hatte.

»Ich habe auch noch nie so ein Rendezvous gehabt«, hast du geantwortet, und dabei machte dein Herz einen Sprung – oder blieb es stehen?

»Um diese Zeit? Sieh an, sieh an . . .!«, sagte Madame und zupfte deinen Zopf zurecht. »Unsere Señorita hat sich verliebt. Ist es das?«

Du hast mit den Achseln gezuckt und ein schüchternes Lächeln angedeutet. Noch wusstest du nicht, ob es Liebe war. Andrés gefiel dir; vom ersten Augenblick an hattest du gespürt, dass es sehr angenehm war, bei ihm zu sein, von ihm berührt zu werden.

Du hattest schon andere Jungs kennen gelernt, die dein Herz anfangs hatten höher schlagen lassen und die später, beim Abschied, in deinem Herzen nur einen kleinen, ziemlich lästigen Kratzer hinterlassen hatten.

Würde es mit Andrés genauso sein? Würde es genauso sein, wenn du Andrés küssen würdest?

Denn seit dem Sonntagvormittag im Jardin du Luxembourg hattest du nur von einer Sache geträumt, bei Tag und bei Nacht: dass *du ihn* küssen würdest. Dass du deine Hand in seinen Nacken legen, seinen Mund zu deinem ziehen und in ihm versinken würdest.

Aus deinem schüchternen Lächeln wurde ein nervöses Lachen. Was würde die feine Madame Jeanson denken, wenn sie wüsste, woran du gerade dachtest?

Ich bin zu jung, zu jung . . .

In einer dieser Nächte in Paris hattest du einen seltsamen Traum. Du sahst dich selbst im Bett liegen, in deinem Pariser Bett. Die Einzelheiten des Zimmers standen dir in aller Deutlichkeit vor Augen, gerade so, als wärst du dort, um sie dir eine nach der anderen noch einmal zu vergegenwärtigen.

Eine der Fensterscheiben hatte einen anderen Farbton als die übrigen, als hätte der Glaser beim Ersetzen der ursprünglichen Scheibe einen Fehler gemacht.

Die Reproduktion eines Gemäldes von Renoir mit zwei Klavier spielenden Mädchen gegenüber einer Aufnahme der Avenue Parmentier um 1914 mit ein paar Fußgängern und einem einzelnen Automobil mit Holzvergaser.

Das mit einer Reißzwecke an eine Pinnwand geheftete Foto von Jacqueline du Pré, deiner Lieblingscellistin.

Dein Schreibtisch mit den Briefen, die du noch nicht eingeworfen hattest: einen für deinen Vater und einen für dich selbst, denn du hast gern abgestempelte Briefmarken gesammelt (zugleich bildeten diese Briefe eine

Art Tagebuch, ganz eigentümlich, das dir später, nach deiner Rückkehr nach Madrid, als Gedächtnisstütze für all diese Tage eines ganz besonderen Sommers dienen würde).

Und die Tapete mit ihren feinen Federzeichnungen, die wild wachsende Binsen darstellten, verflochten mit so zarten Wolken, dass sie fast nur zu ahnen waren.

Du, Ada, sahst dich im Bett liegen, mit offenen Augen, den Blick an die Decke geheftet. Du wusstest nicht, wie es zu diesen Wasserflecken hatte kommen können, sicher war nur, dass es so aussah, als würde die abblätternde Farbe jeden Moment auf deine Bettdecke fallen. Vielleicht hatte jemand in der darüber liegenden Wohnung einen Wasserhahn offen gelassen? Aber nein, diese Flecken waren nicht aus Wasser, sondern aus Milch. Und nun fielen die Milchtropfen in Zeitlupe herunter. Sie brauchten lange, endlos lange, bis sie auf dem Boden ankamen, wo mehrere Kupferbehältnisse auf sie zu warten schienen.

Du wolltest dich aufrichten, aber es war unmöglich. Du hast geschlafen und geträumt. Im Liegen, reglos.

Auf einmal wusstest du, dass alle Milchtropfen, die in die Kupferbehältnisse fielen, Wünsche von dir waren, die in Erfüllung gehen würden. In deiner Reglosigkeit hast du versucht, deine wichtigsten Wünsche zu formulieren, Wünsche, die dir am Herzen lagen.

Doch bevor ein einziger Tropfen auf dem Boden ankam, sogar bevor ein einziger Wunsch zu deinen Gedanken vordrang, kam dir eine Frage in den Sinn: »Und wenn kein einziger Tropfen hineinfällt?« Was würde dann passieren? Was würde aus der Milch werden, diesem Quell des Lebens? Was würde mit den Behältnissen geschehen, die dann für immer leer blieben?

Du bist mit einer großen Kälte im Körper aufgewacht. Obwohl es heiß war, obwohl deine Stirn, deine Arme, deine Oberschenkel schweißbedeckt waren, hast du vor Kälte gefroren. Am liebsten hättest du dein Cello ausgepackt und die Musik von Bach gespielt, die du in Bergmans Film gehört hattest.

Wie in einem Spiegel.

Aber wie solltest du das in diesem Augenblick tun, mitten in der Nacht? Da bist du auf Zehenspitzen zum Telefon gegangen. Du hast eine Nummer gewählt.

Nachdem du mehrere Minuten zugehört hattest, wie es am anderen Ende der Leitung klingelte, als du schon auflegen wolltest, vielleicht weil du eingesehen hast, dass der Zeitpunkt eher unpassend war, nahm jemand den Hörer ab.

Seine Stimme war noch schlaftrunken:

»*Allô* . . .?«

»Andrés . . . ich bin's.«

»Ada?«

Schweigen. Du hattest es gern, wenn er dich bei deinem Namen nannte. Es bewegte dich, seine Stimme zu hören. Erleichtert darüber, dass er dort war, auf der anderen Seite, bei dir, hast du aufgelegt.

In Filmen findet ein Rendezvous meist in der Abenddämmerung statt, und die Verliebten gehen im Sonnenuntergang spazieren. Aber das Rendezvous, dein Rendezvous, Ada, euer Rendezvous, fand früh am Morgen statt. Vielleicht sollte euch das daran erinnern, wie es beim ersten Mal gewesen war? Oder wolltet ihr vielleicht den ganzen Tag vor euch haben? Möglicherweise beides gleichzeitig, auch wenn du nicht einmal einen Gedanken daran verschwendet hast.

Andrés kam dich abholen. Als du die Treppe hinuntergegangen bist, hast du als Erstes seine Füße gesehen, nie mit normalen Schuhen, sondern immer mit Turnschuhen, knöchelhohen Turnschuhen. Dann seine Hosen aus Baumwolle, zerknittert, leger, in die Turnschuhe hineingestopft. Und seine Hände, die ersehnten.

Vielleicht hat er dir gerade an diesem Morgen am besten gefallen. Wenn deine Schwester Berta sagte, dass der Austauschschüler Brad Pitt ähnelte, was würdest du dann über Andrés sagen? Vielleicht, dass er einem dieser Wünsche ähnelte, die in deinem Traum in der Luft hängen geblieben waren, ohne in Erfüllung zu gehen.

Der Morgen entfaltete sich vor euch, hörte aber nicht auf, euch einzuhüllen, euch zu liebkosen, während ihr ohne Eile gegangen seid, ohne zu wissen, wohin.

Du, Ada, hast nur auf den richtigen Moment gewartet, um deine Hand in seinen Nacken zu legen, dich mit deinem Blick in seinem zu verlieren und ihm mit der Berührung deiner Lippen zu sagen, wie wichtig er dir allmählich wurde.

»Steig auf!«, sagte Andrés und deutete auf ein seltsames Motorrad, uralt und bereits mehrfach überlackiert.

»Sind wir sicher auf diesem Ding?«, hast du mit einem Lächeln gefragt.

»Es fährt nicht sehr schnell«, hat Andrés dir geantwortet, während er den Motor anwarf, »also ist ein Aufprall nicht besonders stark . . .«

Der Vorteil an dieser Motorradfahrt war, dass du ihn umarmen, ihn anfassen, ihm deinen Kopf auf seinen Rücken legen konntest, als wäre es das Natürlichste auf der Welt. Im Fahrtwind flatterte dir dein Rock um die Beine, bedeckte sie, entblößte sie, legte deine Haut bloß, die für die Sommerzeit nicht besonders braun war.

Denn deine Haut, Ada, ist immer eher blass gewesen. Weißt du noch, wie dein Vater dich nannte, als du klein warst? »Mein Porzellanwächter.«

Der Wächter war jemand, dessen Geschichte dir dein Vater nie zu Ende erzählt hatte. Er unterbrach sie immer im unpassendsten Moment und schob die Fortsetzung auf, bis er wieder einen Grund zum Weitererzählen hatte. In der Geschichte ging es um einen Wächter, bleich und mit karottenfarbenem Haar wie du, der sich schon seit langer Zeit fragte, warum niemand kam, um ihn abzulösen. Solange er zurückdenken konnte, stand er dort, am Tor zur Burg. Er brauchte eine Ewigkeit, bis ihm auffiel, dass die Burg nicht wie die anderen Burgen war: In ihr war es ganz ruhig, niemand ging durch das Tor hinein oder hinaus, niemand schaute aus den Fenstern, niemand rief etwas von den Zinnen herab.

Bis er es eines Tages wagte, sich der Mauer mehr als sonst zu nähern, und eine Entdeckung machte: Es handelte sich um eine Sandburg. Aber das beunruhigte ihn noch mehr: Warum bin ich hier? Wozu?

Aber an diesem Morgen wolltest du deine Vergangenheit, deine Familie, die Porzellanfigur und sogar das Cello vergessen, um dich von Andrés in seinen Bann ziehen zu lassen.

»Wo fahren wir hin?«, hast du gefragt, auch wenn dir

die Antwort im Grunde egal war. Solange er bei dir war, was für eine Rolle spielte es da, wohin ihr fahren würdet?

Bois de Boulogne.

Der Wald von Boulogne war der große Garten von Paris. Er war Schauplatz von tausend Geschichten, von ganz harmlosen bis zu höchst ausschweifenden, und seine Promenaden und Blumenrabatten bildeten ein Labyrinth, in dem man am ehemaligen Zoo vorüberkommen und sogar die verheißungsvollsten Einladungen der »Damen« des Waldes annehmen konnte.

Ihr habt das Motorrad an einen Baum gelehnt, in den ein Herz ohne Initialen eingeritzt war. In deinem Gedächtnis ist dieser Moment aufbewahrt wie ein Film: das Herz, der von der Sommerhitze ausgetrocknete Rasen, sogar die Farbe des Motorrades (Granatrot, mit einem violetten Pfeil), die dir bisher entgangen war.

Andrés ließ sich mit ausgebreiteten Armen ins Gras fallen. Du hast ihn angeschaut, hast gezögert, ohne zu wissen, wie du auf das reagieren solltest, was wie eine Einladung aussah.

Andrés schloss die Augen und holte tief Luft.

Du hast dich neben ihn gesetzt, ohne ein Geräusch zu machen. Du hast dir nur gewünscht, er möge seine Augen nicht gleich wieder aufmachen, denn so konntest du ihn in Ruhe betrachten, sein Haar, seine Schultern, den Ansatz seiner Brust . . .

Und dann seine Arme, seine Hände, seine Finger.

»Weißt du, was«, fragte er plötzlich ohne die geringste Bewegung. »Kaum war ich in Paris angekommen, da wusste ich, dass ich dir begegnen würde.«

»Kannst du hellsehen?«, hast du scherzend gesagt und dabei mit deinem Zopf gespielt.

»Das ist nicht nötig ... Die Spuren haben mich zu dir geführt.«

»Welche Spuren?«

»Der Klang deiner Stimme, dein Geruch . . .«, sagte Andrés lächelnd und rollte sich ein paar Mal über das Gras.

Dann, wieder ernster, sagte er dir, dass er ein bedeutender Paläontologe werden wollte, dass er früheres Leben anhand von Versteinerungen erforschen wollte und dass die Spuren, die er meinte, nicht dieselben waren, denen zum Beispiel ein Detektiv nachgegangen wäre.

»Das heißt, du nennst mich eine Versteinerung ... Na toll!«, hast du erwidert und die Gekränkte gespielt.

»Wir Paläontologen sind wie Jäger: Wir suchen Spuren, gehen ihnen nach, finden heraus, was sie verbergen, entreißen sie dem Vergessen ... Aber im Unterschied zu den übrigen Jägern töten wir keine Tiere oder Menschen, sondern erwecken sie zu neuem Leben.«

Dann machte sich Andrés daran, mit Feuereifer etwas auf dem Rasen zu suchen, kleine grüne Fasern, vierblättrige Kleeblätter vielleicht. Du hast ihn ein wenig befremdet angeschaut. Es sah aus, als sei er in Trance verfallen, eine berufsbedingte Trance, denn er führte Selbstgespräche, murmelte Sätze, die er nicht zu Ende sprach:

»Alle Ursprünge des Menschen sind ... Ein Stein führt uns zu einem Vogel; ein Vogel zu ... Ohne sie hätten wir nicht . . .«

Und plötzlich ein Schauder.

Andrés war bei einem deiner Füße angelangt: Er hatte ihn mit größter Vorsicht in die Hand genommen, als sei er ein einzigartiges Stück, eine mehrere Millionen Jahre alte Entdeckung.

Und er hat ihn geküsst.

Zuerst den Spann, die Knöchel. Dann, ganz langsam, jede Bewegung genießend, löste er deine Sandale. Und zog sie sofort vom Fuß. Du hast nicht gewusst, warum du dich so geniert hast. Ein nackter Fuß ist im Sommer etwas Normales. Aber das da war dein Fuß, und er lag in seinen Händen.

Jetzt warst du diejenige, die die Augen schloss. Du hast bemerkt, wie sich überall auf deiner Haut die Härchen aufrichteten. Wie dein Herz schneller schlug, wie dein Körper von seinen Händen gestreichelt werden wollte.

Aber es waren nicht seine Hände und auch nicht dein Herz. Es waren seine Lippen auf deinem Fuß, seine Lippen, die jede Falte erforschten, deine Zehenspitzen küssten ... Es war die Berührung seiner Wange mit deiner Fußsohle. Ein Eichhörnchen hüpfte von einer Bank zur nächsten. Eine Dohle ließ von einem nicht sehr weit entfernten Baum ihr Krächzen ertönen: eine Art Knarren der Natur in einem Augenblick wie diesem, der von Violinmusik hätte untermalt werden müssen.

Aber dir hat es geholfen, dich aufzurichten. Dein Atem ging heftig, und du wusstest: Wenn du noch länger so dort gelegen hättest, wäre der Pariser Augusthimmel Zeuge von etwas geworden, das zumindest vorläufig nicht passieren sollte.

Mit einer entschlossenen Geste hast du die Blöße deines Fußes mit der Sandale bedeckt. Andrés sagte nichts; er schaute dich einfach an, und sein Blick signalisierte das Warten auf eine Entscheidung von dir, vielleicht auf eine Erklärung.

»Gehen wir«, hast du gesagt und seine Hand genommen. Als du den Bois de Boulogne mit ihm verlassen hast, eng umschlungen, den Kopf an seine Schulter gelehnt, da wusstest du, dass du ihn noch viel mehr liebtest. Andrés hatte nicht protestiert, hatte keinen Vorwand gesucht, um auf der Wiese zu bleiben. Er machte lediglich einen Witz über die Jura- und die Kreidezeit, während er sich einmal mehr die Strähne aus der Stirn strich. Dann ließ er sich von dir führen, wohin du wolltest.

Der Platz mit dem Bronzelöwen. Denfert-Rochereau.

Warum dorthin? Warum ausgerechnet dorthin, Ada? Vielleicht hast du gedacht, da ihm nun einmal Versteinerungen gefielen, wäre dies der passendste Ort in ganz Paris.

Oder hatte es vielleicht damit zu tun, dass an diesem Platz, wie es in den Geschichtsbüchern steht, der revolutionäre Mai 68 seinen Anfang genommen hatte?

Du konntest auch irgendeine andere Erklärung finden, zum Beispiel, dass der bloße Gedanke, dass ein solcher Ort existierte, dich erschauern ließ, und dies sollte vielleicht deine Gedanken, deinen ganzen zum Verführtwerden bereiten Körper von jeder Situation ablenken, nach der es kein Zurück mehr geben würde.

Ich bin zu jung für . . .

Nein, Ada, du warst nicht zu jung für die Liebe. Du bist zu jung – jeder ist es – für das, was danach kommen sollte. Für das, was Schritt für Schritt, auf Umwegen, im unerwartetsten Moment geschehen sollte.

Die Tür zu den Katakomben von Paris stand offen. Man musste eine Wendeltreppe mehrere Meter hinuntersteigen, um die unterirdische Welt der Tunnel und Gänge des Jenseits zu betreten.

»Halt!«, befahl ein Schild halb im Spaß, halb ernst. »Hier beginnt das Reich des Todes.«

Du, Ada, hattest den Tod noch nie gefürchtet. Es schmerzte dich, in Fernsehreportagen, in Kriegsberichten andere sterben zu sehen. Aber nie dachtest du an den Tod, an deinen Tod, als etwas Schreckliches. Zwar hattest du eine gewisse Furcht vor dem Leiden, vor Schmerzen wegen irgendeiner Krankheit. Aber in diesem Moment dachtest du nicht im Entferntesten an so etwas.

Auch wenn kein Zweifel daran bestand, dass diese Schädel, die ganze Wände zwischen den schmalen Gängen bildeten, diese gewaltige Menge von aufgestapelten Knochen eine gewisse Unruhe in dir auslöste.

»Sieh mal«, sagte Andrés und deutete auf einen Totenschädel, der der Welt aus dem Jenseits zuzulächeln schien, »dieser Freund oder diese Freundin ist viel jünger als die Versteinerungen, die ich untersuche. Wie alt kann der Schädel sein? Hundert Jahre? Zweihundert?«

Du wusstest, dass die Katakomben von Paris 1786 eingerichtet worden waren, um Platz zu schaffen auf den Friedhöfen. Nacht für Nacht wurden damals insgesamt an die sechs Millionen Skelette in das Innere der Stadt geschafft, als hygienische Maßnahme und Alternative zu den Friedhöfen.

»Jetzt weiß ich!«, hast du ausgerufen, während du an seiner Hand zum so genannten »Brunnen der Samariterin« gestürmt bist.

»Was weißt du?«, fragte Andrés und blieb stehen.

Ihr hattet die Katakomben mit einer Gruppe betreten, und man hatte euch klar und deutlich gesagt, dass ihr euch von den anderen nicht entfernen durftet. Aber weil ihr stehen geblieben wart, hattet ihr nicht bemerkt, dass die Laternen sich in Richtung der so genannten »Grablampe« entfernten.

»Was weißt du?«, fragte Andrés beharrlich.

»Warum wir hergekommen sind. Im Grunde geht es um eine aufgeschobene Verabredung. Seit ich in Paris bin, wollte ich hierher kommen, aber bis jetzt ...«

»Dieser Ort ist ein bisschen finster, findest du nicht?«

Das fandest du, und das fandest du nicht: Er war es, weil hier Finsternis herrschte, aber er war es nicht, weil die Einzigen, die andere verletzen können, die Lebenden sind.

»Wusstest du, dass hier unten sogar Feste gefeiert worden sind ...?«

»Feste?«, unterbrach Andrés dich überrascht. »Wer kann an einem Ort wie diesem bloß ein Fest veranstalten?«

»Na, anscheinend ein gewisser Graf d'Artois; aber das war vor der französischen Revolution.«

»Ah, zum Glück! Kannst du dir vorstellen, wie *Guns ´n´ Roses* die Party musikalisch untermalen?«

In diesem Augenblick warst du drauf und dran, ihm alles zu erklären, zumindest den Satz zu Ende zu sprechen, bei dem er dich unterbrochen hatte. Wenn du ihn unbewusst dazu gebracht hattest, sein steinzeitliches Motorrad an diesen Ort zu lenken, dann weil du in einer Musikgeschichte gelesen hattest, dass am 2. April 1897 an diesem Ort, zwischen diesen Knochen aus einer anderen Zeit, das so genannte »Konzert der Katakomben-Liebhaber« gegeben worden war. Ein Konzert mit klassischer Musik, dessen Programm sich – dazu brauchte man nicht besonders viel Phantasie – aus dem *Trauermarsch* und der *Danse macabre* zusammengesetzt haben mochte.

Die Dunkelheit war fast undurchdringlich. Die Laternen hatten sich mit den Besuchern entfernt, und in den Gängen gab es keine andere Orientierung mehr als die Stimmen, die von den Wänden aus menschlichen Überresten widerhallten und von denen man nicht sagen konnte, ob sie von rechts, von links, von vorne oder von hinten kamen.

»Gehen wir nach draußen?«, fragtest du nicht besonders überzeugt davon, was du in diesem Moment tun wolltest.

»Ich nehme an, du hast gemerkt, dass wir uns verlaufen haben.«

»Phantastisch!«, hast du impulsiv ausgerufen. »Ich bin begeistert von Paris!«, hast du hinzugefügt, weil du an das dachtest, was über euch lag.

»Jaja ... sag bloß! Du bist so begeistert, dass du am liebsten für immer hier bleiben würdest!«

Andrés machte sich auf den Weg dorthin, wo er den Ausgang vermutete. Du bist ihm sofort gefolgt. Eure Schritte waren das einzig Lebendige an diesem Ort. Nach und nach konntet ihr ein kleines Licht ausmachen.

Es handelte sich um eine kleine Rotunde, die von ein paar Öllämpchen schwach erhellt wurde.

Auf einem verrosteten Schild stand zu lesen, dass dies die »Krypta der Leidenschaft« war, obwohl du wusstest – oder du erfuhrst es später –, dass sie im Volksmund »Tibias- oder Knochenflöten-Rotunde« genannt wurde, so groß war die Menge der dort aufgeschichteten Knochen.

Ihr wolltet auf das Licht zugehen, da schnitt Andrés dir den Weg ab. Abrupt drehte er sich um und stellte sich zwischen den Ausgang und dich. Du hast ihn angeschaut, ohne zu begreifen. Oder vielleicht hast du nur zu gut begriffen.

Andrés streckte eine Hand nach deinem Gesicht aus.

Du hast gesehen, wie diese geliebten Finger auf dich zukamen, und vielleicht um ihn aufzuhalten oder vielleicht um das Unumgängliche leichter zu machen, hast du diese Hand zwischen deine Hände genommen und sie geküsst.

Ab diesem Augenblick erinnerst du dich fast an nichts mehr. Du hast den Schwindel seines Körpers an deinem gespürt, die Achterbahn seiner Zärtlichkeiten, die im Sturzflug auf dich herabfielen, in dich hineinfielen. In deinem Kopf ertönte auf einmal eine Musik, die dich von oben nach unten durchströmte und dich liebkoste, dich drückte, dich durchdrang, wie es nur innig geliebte Kompositionen zu tun vermögen. Es war die Suite Nr. 2 von Johann Sebastian Bach, die aus deinem Kopf in dein Herz strömte, von deinem Herzen zu deiner Haut, von deiner Haut wieder in deinen Kopf, in einer wirren, mitreißenden Mischung, wie du es noch nie zuvor erlebt hattest. Deine Hand hatte sich in sein Haar gekrallt, sie wanderte nach hinten, zu seinem Nacken, und streichelte ihn, voller Verzweiflung, voller Hoffnung ...

Als du die Katakomben verlassen hast, erschauernd, fasziniert, ein wenig verzagt, zutiefst aufgewühlt, warst du sehr überrascht: Der große Löwe aus Bronze stand immer noch da.

Wie war es möglich, dass das Wunder, das im Inneren der Erde geschehen war, nicht an ihre Oberfläche zu dringen und sie zu verwandeln vermocht hatte?

Wie war es möglich, dass der Denfert-Rochereau-Platz noch derselbe war, die gleichen Fußgänger, die gleichen Fahrzeuge, der Eingang zur U-Bahn, die Geschäfte, die Pflastersteine, die Erinnerung an den Mai 68, das intensive Blau des Himmels ...?

Du hast Andrés in die Augen geschaut, und sein Blick hat dir gefallen. Ein Blick, der nicht der eines Eroberers war und auch nicht der eines Eroberten. Dies waren die Augen eines Gefährten für immer, der mit seiner Haarsträhne spielte, während er sie aus der Stirn strich.

Und doch, Ada, hast du nicht gewusst, dass Andrés für dich sehr bald verschwinden würde.

In der *Gare d'Austerlitz* wimmelte es nur so von Leuten, wie es typisch ist für jeden Fernbahnhof in einer Großstadt. Aber du warst in der auffälligen Begleitung deines Cellos eine wirklich unverwechselbare Reisende. Dein Haar trugst du wie fast immer zu einem Zopf geflochten, der dir über die nackten Schultern fiel.

Du hattest nicht gewollt, dass Madame Jeanson dich bis auf den Bahnsteig begleitete. Ihr hattet euch am Eingang verabschiedet, gedrängt von einem nervösen Taxifahrer, der wiederholte Male gehupt hatte, während ihr euch wie üblich auf die Wangen geküsst habt.

»Schreib mir ab und zu, meine Liebe!«, hatte Madame Jeanson zu dir gesagt und dir gleichzeitig ein kleines Andenken zugesteckt, das in violettes Papier eingepackt war.

Du hast dich hingesetzt, weil der Zug nach Madrid noch nicht bereit stand, und hast das Päckchen ausgepackt. Es war ein scheußlicher Eiffelturm, einer von denen, die in jedem Souvenirladen an eilige Touristen verkauft werden. Wie war es möglich, hast du dich gefragt, dass eine so feinsinnige Frau wie Madame Jeanson dir etwas so Gewöhnliches schenkte? Die Antwort fiel nicht besser aus, als der Eiffelturm sich als Spieldose entpuppte und eine der Melodien von sich gab, die ihr zusammen bei ihr zu Hause gespielt hattet. Diese kleine Aufmerksamkeit war so geschmacklos, dass sie schon fast wieder rührend war.

Die Lautsprecher holten dich in die Wirklichkeit zurück. Aber die Wirklichkeit bestand nicht darin, dass du Paris sehr bald verlassen würdest. Die Wirklichkeit war nicht das Ende des Sommers. Nein. Die Wirklichkeit hieß Andrés. Und Andrés war nicht gekommen, um sich zu verabschieden. Du hattest eine gewisse Entmutigung verspürt, als er dir sagte, dass er Abschiede nicht mochte, und schon gar nicht welche in Bahnhöfen. Dir war auch nicht danach, dich von ihm zu verabschieden, aber gleichzeitig musstest du ihn so dringend noch einmal sehen ...

Einige Minuten später bist du in den Wagen gestiegen und hast dich in dein Abteil gesetzt. Vom Fenster aus haben deine Augen gesucht und nicht gefunden. Du würdest ihm ja schreiben, hast du dich getröstet. Er würde ja nach Madrid zurückkehren, hast du hinzugefügt, ohne dir allzu sicher zu sein, dass dies wirklich geschehen würde. Würde er dich nach seiner Rückkehr anrufen?

Erbarmungslos, wie es nur ein verliebter Mensch tun kann, hast du einer schrecklichen Möglichkeit ins Auge gesehen: Was, wenn dies alles für ihn nichts als eine Sommerliebe gewesen wäre? Wahrscheinlich hattest du die Sache zu ernst genommen. Menschen lernen sich kennen und küssen sich, trennen sich, und oftmals sehen sie sich nie wieder. Sie denken aneinander als etwas, das in einem bestimmten, angenehmen Augenblick geschah, als etwas Schönes, das Teil eines intimen Ferientagebuchs ist.

Die Liebe deines Lebens? Oder vielleicht für ihn die Liebe eines Augenblicks seines Lebens?

Deine Augen wurden feucht bei dem Gefühl, das in dir wuchs.

Ich muss stark sein, sagtest du dir. Ich bin ja dumm. So was passiert nun mal, und das Leben geht weiter.

Klopfgeräusche an der Fensterscheibe brachten dich dazu, dich umzudrehen.

Da stand er, ein zusammengerolltes und mit einem roten Samtband zusammengebundenes Stück Papier in der Hand.

»Tut mir Leid!«, sagte er, gerade als der Schaffner zur Abfahrt pfiff.

Dir blieb keine Zeit, noch etwas zu sagen, du konntest ihm nur einen Kuss zuwerfen.

Der Zug setzte sich in Bewegung.

Andrés steckte dir noch das zusammengerollte Papier zu und machte instinktiv ein paar Schritte auf dem Bahnsteig, während er zusah, wie du dich entferntest.

Du bist zur Toilette gerannt. Diesen Augenblick wolltest du mit keinem anderen Reisenden teilen. Du hast die Tür hinter dir verriegelt, die Tränen abgewaschen und, ans Waschbecken gelehnt, das Geschenk ausgepackt:

»Für I., die möchte, dass ich sie A. nenne, von J. S. B. und vor allem von A.«

Das war eine seltsame Widmung mit Initialen. In einer kleinen Handschrift auf Notenpapier geschrieben. Auf die *Suite für Violoncello solo* von J. S. Bach.

Du, Ada, hast nun angefangen, sie in dir zu hören, tief in dir. Du warst gerührt, weil er es sich anders überlegt und beschlossen hatte, sich doch von dir zu verabschieden. Und weil er mit seinem Geschenk bewies, dass er nicht das erste Musikstück vergessen hatte, das ihr zusammen in einem Kino gehört hattet, als ihr euch noch nicht einmal kanntet. Du hast die Augen zugemacht, schon heiterer, ruhiger, denn du wusstest, dass das Leben auf deiner Seite stand.

Wenn das etwas ist, was die Mühe wert ist, hast du dir gesagt, während du auf das Geräusch der Räder unter deinen Füßen gehorcht hast, werde ich dafür kämpfen, dass es nie zu Ende geht.

Das hattest du mit deiner Musik getan (im Konservatorium nannten sie dich »Paukerin«, weil du immer als Erste kamst und als Letzte gingst), und das würdest du jetzt erst recht mit Andrés tun.

Du hast den Spiegel über dem Waschbecken angehaucht und dann mit einem deiner Finger, während du von seinen Fingern geträumt hast, ein Herz und zwei Buchstaben gemalt: »A. liebt A.«

Es war schön, denselben Anfangsbuchstaben zu haben. Und übersprudelnd vor Liebe, bist du an deinen Platz zurückgekehrt. Du hast nur bedauert, dass dein Cello im Gepäckwagen reiste (es war nicht erlaubt, dass es bei dir blieb), denn wenn du es zur Hand gehabt hättest, hättest du bestimmt das Stück gespielt, das Andrés dir gerade geschenkt hatte.

Die Landschaft flog mit großer Geschwindigkeit hinter dem Fenster vorbei. Allmählich funkelten Sterne am Himmel. Und ohne recht zu wissen, warum, hast du angefangen, in ihnen einen Weg mitten durch die Nacht zu suchen.

ZWEITER SATZ: ANDANTE MODERATO

»O glaube:
Du wardst nicht
umsonst geboren!
Hast nicht umsonst
gelebt, gelitten!«

Es hat dich gewundert, dass niemand dich am Bahnhof abholte. Du kamst kaum zu Rande mit dem Cello und dem Gepäck, weswegen es kein Fehler gewesen wäre, wenn deine Schwester dir geholfen hätte.

Als du zu Hause angekommen bist, hast du es verstanden: Dein Vater fühlte sich nicht wohl, und Berta war einen Arzt holen gegangen.

»Wie war's in Paris, mein Mädchen?«, fragte er dich, kaum dass er dich gesehen hatte.

»Schön, sehr schön«, hast du hastig geantwortet. »Aber was ist mit dir los?«, wolltest du besorgt wissen.

»Nichts, mein Mädchen.«

Dein Vater verwendete manchmal altertümliche Ausdrücke, die du aber immer gerne hörtest.

»Zipperlein.«

»So was darfst du nicht mal im Spaß sagen! Dazu bist du noch zu jung«, hast du erwidert und seine Hand genommen.

Du hast ihm nicht irgendein barmherziges Kompliment gemacht. Auch wenn er um die fünfzig war und seit dem Tod deiner Mutter viel an Lebenslust verloren hatte und vorzeitig gealtert war, wirkte er noch lange nicht alt und sah sehr gut aus.

»Aber mein Wächter hat mir gefehlt.«

»Berta war doch bei dir ...«

»Ich meine meinen Porzellanwächter, weißt du noch?«

»Er hat immer am Tor der Burg gewartet, dass jemand kommen würde, aber dieser Jemand kam nie.«

Es war dir angenehm, dich an der Hand deines Vaters an deine Kindheit zu erinnern.

»Dann dachte der Wächter, dass er vielleicht dazu ausersehen war, auf die Wellen zu achten, die das Gebäude zerstören konnten; aber in dieser Ecke des Strandes kam das Wasser nie bis zu den Toren der Burg.«

»Vielleicht«, hast du weitergesprochen und ihm damit gezeigt, dass du die Geschichte nicht vergessen hattest, »vielleicht war seine Aufgabe, die Kinder fern zuhalten, die dort herumsprangen, und zu verhindern, dass eins von ihnen auf ihr herumtrat und einen unförmigen Sandhaufen aus ihr machte.«

»Aber dieser Strand war so einsam, dass dort nicht einmal Kinder auftauchten.«

Wer auftauchte, war Berta, und zwar mit dem Arzt.

»Papa hat doch wirklich komische Ideen! Sich mitten im Sommer zu erkälten!«

»Eine Lungenentzündung ist keine komische Idee . . .«, sagte der Arzt und holte eine Spritze aus seinem Koffer. »Aber na ja, wir wollen darauf vertrauen, dass wir ihm mit dieser Injektion die Freude zurückgeben können.«

Dein Vater lächelte gezwungen, ohne deine Hand loszulassen. »Du hast mir bestimmt viel zu erzählen«, flüsterte er dir ins Ohr, während er sich bereit machte.

»Viel, sehr viel . . .«, hast du geantwortet und bist zum Fenster gegangen, um dir die Straße anzuschauen mit ihrer langen Reihe von Akazien, in der die Autos sich jede freie Stelle zum Parken streitig machten – auch wenn sie noch so klein war.

Diese Straße war deine Straße, wo du als Kind immer gespielt hattest, wo du den Zauber der Läden entdeckt hattest und wie wichtig es für ein Kind war, zum ersten

Mal eine Flasche Milch, ein Kilo Obst, eine Stange Brot zu kaufen ... Diese Straße, die sich im Laufe der Zeit so verändert hatte – gestern noch ziemlich ruhig, heute richtig verstopft vom Verkehr –, war bis zu diesem Tag das Entree zu deinem einzigen Zuhause gewesen.

Aber auf der langen Zugfahrt von Paris nach Madrid hattest du einen Entschluss gefasst: auszuziehen und alleine zu leben. Warst du dazu in der Lage? Würdest du stark genug sein, dein Leben selbst in die Hand zu nehmen, ohne von jemandem abhängig zu sein?

Du wolltest deinen Vater nicht verlassen, und deine Schwester Berta konnte sich ohne weiteres um ihn kümmern. Aber wäre es nicht ein allzu egoistisches Verhalten von dir?

»Wie findest du die Idee, Papa?«, hast du ihn gefragt, als der Arzt gegangen war und während Berta in der Küche einen Kräutertee kochte. Dein Vater war verständnisvoll, wie immer. Es schmerzte ihn, dich zu verlieren, natürlich! Aber du warst so gut wie erwachsen, und dein Leben gehörte in erster Linie dir.

»Gut, ich finde sie gut, mein Mädchen. Aber vergiss uns nicht!«

»Nein, niemals.«

Wie solltest du diese Wohnung vergessen können, die so gemütlich und zugleich zu groß für euch drei war und in der man ständig die Gegenwart eurer Mutter vermisste? Wie solltest du den langen Flur und an seinem Ende das verschlossene Zimmer vergessen, die Tür mit den Kratzern von der Katze, die einige Jahre bei euch gewesen war, bis sie sich eines Nachts auf Nimmerwiedersehen über die Dächer davongemacht hatte, ebenfalls in dem Drang nach Unabhängigkeit? Wie solltest du den falschen Gobelinteppich mit roten Rosen als Grundmuster vergessen oder die Uhr ohne Zeiger, die immer noch – man wusste nicht genau, wieso – auf dem Büffet stand? Wie solltest du deine ersten Spiele, deine ersten Tränen, deine Hoffnungen und die vielen Kindergeschichten vergessen können: das Mäuschen Pérez, das kam, wenn dir ein Zahn ausfiel, die heiligen drei Könige, der Storch, der die Kinder brachte?

»Und wie willst du die Wohnung bezahlen?«, fragte dich dein Vater, bestimmt in der Absicht, dir zu helfen, so weit er konnte.

Der Gedanke schoss dir plötzlich durch den Kopf wie ein Blitz, der mitten in der Nacht eine Landschaft erhellt und ein Gewitter ankündigt.

»Ich werde Unterricht geben, Musikunterricht.«

»Gute Idee, mein Mädchen.«

Deinem Vater hatte es immer gefallen, dass du dich für die Musik entschieden hast. Auch wenn er, wie er dir etwas verschämt einzugestehen pflegte, absolut nichts davon verstand, denn er hatte »zwei linke Ohren«. Aber du hast nie daran gezweifelt, dass es ihn begeisterte, dich mit dem Cello zwischen den Knien und dem Bogen im Anschlag sitzen zu sehen.

Und jedes Mal, wenn die Saiten dann eine Melodie erklingen ließen, wurden seine Augen feucht.

»Ich werde im Konservatorium eine Anzeige aufhängen, mal sehen, was sich ergibt . . .«, hast du nicht allzu überschwänglich gesagt, vielleicht weil es dir am meisten ausmachte, dass du bis zum Beginn des Studienjahres warten musstest, um diese neue Etappe einzuläuten.

»Komm«, sagte Berta auf einmal, »komm in mein Zimmer!«

Dein Vater gab dir zu verstehen, dass du mit deiner Schwester gehen solltest, und du dachtest, dass er vielleicht auch allein sein und eine Weile schlafen wollte.

Berta schloss die Tür, sobald du im Zimmer warst.

»Ist er sehr krank?«

»Du weißt ja, wie er ist, er hört einfach nicht auf zu rauchen, sosehr der Arzt es ihm auch einschärft. Ich werde ihm Aloesaft auf die Filter streichen müssen, vielleicht verdirbt ihm das endlich die Lust darauf.«

»Das würde nur dazu führen, dass er am Aloesaft Geschmack findet«, hast du geantwortet, überzeugt davon, dass dein Vater im Stande wäre, sogar die bitterste Substanz zu einer natürlichen Ergänzung des Tabaks zu machen.

»Sieh mal«, sagte Berta und zeigte dir zwei Fotos. »Wie findest du ihn?«

Der kleine Franzose hatte tatsächlich eine gewisse Ähnlichkeit mit Brad Pitt, auch wenn seine Augen dunkler waren.

»Ganz hübsch.«

»Ganz hübsch? Mehr als das, viel mehr! Und wenn du ihn in Unterhosen gesehen hättest . . . Zum Reinbeißen!«

»Du hast ihn wirklich in Unterwäsche gesehen?«, hast du sie mit einem verschwörerischen Lächeln gefragt.

»Es war ja so heiß, da ist er zu Hause immer in Shorts rumgelaufen, ohne alles.«

»Ach so! Er hatte also wenigstens Shorts an . . .«

Du hattest Lust, deiner Schwester von Andrés zu erzählen, aber gleichzeitig wusstest du, dass sie dich nicht verstehen würde. Sie würde sagen: Ja, wunderbar, großartig, aber was wusste sie im Grunde schon, sie war doch jünger als du! Deswegen hast du sie reden lassen, ohne deinen Senf dazuzugeben, und so getan, als würdest du dir ihre Geschichten anhören: Wohin er sie mitgenommen hatte, wie der erste Kuss gewesen war, der erste Streit, und das war's dann auch schon fast.

Deine Erinnerung steckte noch im Inneren von Paris. Und nicht nur im Inneren, sondern auch in einem der Gärten von Paris, in einer Bäckerei, in der *cinémathèque* ...

Und wo war er jetzt?

Die letzten Tage dieses Sommers kamen dir endlos vor. Die Hitzeperiode zog sich hin, ohne dem kleinsten Regentropfen zu weichen, man bekam kaum mehr Luft, und Nachrichten glänzten durch Abwesenheit.

Es heißt, dass keine Nachrichten gute Nachrichten sind, weil man davon ausgeht, dass man schlechte Nachrichten sofort erfährt. Aber für dich war es genau andersherum: Keine Nachrichten waren miserable Nachrichten. Als hätte er dich vollkommen vergessen. Um deine Nerven zu beruhigen, hast du standhaft auf deinem Cello geübt; nicht nur Bach, sondern auch Jazzmusik, wobei du dir vorgestellt hast, du seist in einer Spelunke in New Orleans.

Bis eines Tages eine Postkarte kam.

Die anfängliche Freude wich schnell einem gewissen Unbehagen, einer Unruhe. Endlich Nachrichten, ja, aber warum bloß eine einfache Postkarte? Warum nur ein paar Zeilen, die besagten, dass er später zurückkommen würde als geplant? Dass er jetzt bei Ausgrabungen in der Nähe von Tarbes war, und erst wenn er mit seiner Arbeit fertig war, dann würde er . . .

»Bleib doch bei deinen Scheiß-Versteinerungen, verdammt noch mal!«, hast du gesagt und dir mit dem Handrücken die Tränen abgewischt.

»Ich bringe gute Nachrichten!«, rief Berta, ohne Gespür für deine Stimmung.

»Später bitte«, hast du dich entschuldigt und versucht, sie aus deinem Zimmer zu werfen, denn du wolltest unbedingt allein sein, um deine Gedanken zu ordnen, um herauszufinden, was du mit diesem Gefühl machen solltest, das unablässig in dir bohrte. Außerdem stand dir wirklich nicht der Sinn danach, neue Geschichten vom Doppelgänger des amerikanischen Schauspielers zu hören.

»Von wegen später«, antwortete Berta und reichte dir eine Telefonnummer. »Ruf jetzt gleich an, du wirst erwartet.«

Dein Herz machte einen Satz. Wartete Andrés am Telefon auf dich? Nein, er war es nicht. Deine Schwester gab dir eine Telefonnummer, weil du so bald wie möglich jemanden anrufen solltest.

»Wen denn?«

»Sie heißt Gaudencia. Ja, lach nicht, ich weiß, das ist ein komischer Name; deswegen will sie Gaudi genannt werden. Aber sie ist irre nett. Sie ist Krankenschwester und war schon öfter hier wegen Papa. Ihre Tochter wird deine erste Schülerin sein.«

Darum ging es also, um den Musikunterricht. Na gut,

hast du dir gesagt, umso besser; so würdest du beschäftigt sein und nicht so viel Zeit haben, an andere Dinge zu denken . . .

Gleich am nächsten Tag hast du Gaudi und ihre Tochter besucht. Das zehnjährige Mädchen hatte noch mehr Sommersprossen als du und war sehr still.

Isabel war sehr sensibel und vielleicht zu zurückhaltend, aber du hast sie von Anfang an gemocht. Dir gefiel ihr Blick, der zwar scheu war, den sie normalerweise jedoch direkt auf die Augen ihres Gegenübers richtete. Sie versteckte sich nicht, sie suchte.

»An welchen Tagen könntest du kommen?«, fragte dich die Mutter, deren Arbeitszeiten als Krankenschwester wegen der Nacht- und Wochenenddienste ziemlich unregelmäßig waren.

Gaudi wirkte eher schroff, brüsk; sie kam sofort zur Sache, als wollte sie keine Zeit verschwenden mit überflüssigen Worten. Ihr seid euch einig geworden über Termine und Honorar, ein Honorar, über das du nicht lange verhandelt hast, denn du hast sofort gemerkt, dass Gaudi nicht eben im Überfluss schwamm, und wenn sie dieses kleine Opfer brachte, dann weil sie das Beste für ihre Tochter wollte.

»Dann bis Samstag.«

»Bis Samstag, Ada«, sagte Isabel und drückte dir einen Kuss auf die Wange.

Diese Geste genügte, damit du dir vorgenommen hast, dem Mädchen alles zu vermitteln, was du wusstest, und zwar so gut wie möglich.

»Wie fandest du sie?«, fragte Berta dich, sobald du wieder zu Hause warst.

»Ein Schatz.«

»Gaudi – ein Schatz? So würde ich sie ja nie bezeichnen ...«

»Ich meine das Mädchen.«

»Das Mädchen kenne ich nicht. Aber seine Mutter muss es sehr lieb haben. In solchen Fällen, du weißt schon, da haben sie sie entweder sehr lieb oder gar nicht.«

»In was für Fällen?«

»Gaudi ist allein erziehend.«

»Na und?«

»Nichts und, sie ist es eben«, sagte Berta achselzuckend und ging Richtung Bad, um zu duschen.

Dir, Ada, kam es so vor, als ob das, was deine Schwester dir über Gaudi erzählte, irgendwie diskriminierend war.

Ein Tag folgte auf den anderen, gewohnheitsmäßig, eintönig, bis die Nacht herabfiel, als wäre sie ein Vorhang. Nach einer erfrischenden Dusche hast du dich sonst immer aufs Bett gelegt, nur in das Handtuch gehüllt. Du hast das Fenster offen gelassen, und an dein Ohr drangen Geräusche von den Fernsehern der Nachbarn, Fetzen von Unterhaltungen, das Miauen irgendeiner umherstreunenden Katze, die vielleicht auf der Suche nach der Katze war, die eines Nachts dein Zuhause verlassen hatte.

Aber meistens hast du auch den Mond oder einen Teil von ihm gesehen. Bleich, glänzend, mit dieser Art spöttischem Lächeln, das die Schatten seiner Krater erzeugten. Manchmal bist du nackt und zitternd aufgeschreckt, weil du über deinen Träumen eingenickt warst und das Handtuch gleichgültig auf den Teppich gerutscht war.

Aber ohne recht zu wissen, warum, bist du in dieser Nacht aufgestanden, um dich im Spiegel anzuschauen. Du hast kein Licht gemacht; die einzige Helligkeit kam vom Mond, der im letzten Viertel stand. Aber dieser Körper, den du so gut kanntest, erschien dir anders, als wäre es nicht dein eigener. Als sähest du diese Brüste, diese Hüften, diese Oberschenkel zum ersten Mal. Und du hast Scham empfunden, diese Scham, die man verspürt, wenn man eine unangenehme Entdeckung im Intimbereich macht. Du hast dich mit deinem Cello bedeckt, als wäre es in diesem Augenblick der einzig mögliche Schutz. Ganz sanft hast du den Bogen über die Saiten geführt, und das Cello schien zu weinen.

»O Gott, wie sehr ich ihn liebe . . .!«, hast du gemurmelt. »Warum bin ich bloß so verliebt? Warum?«

Oder vielleicht: Wozu? Um zu leiden? War das vielleicht die Liebe?

Oder erging es dir eher so, dass du dich an jedes Element klammern musstest, das das Leben verkörperte – auch wenn du es noch nicht wusstest, auch wenn du es unmöglich schon wissen konntest? Denn die Liebe – das allerdings wusstest du damals – war zusammen mit der Musik das, was für dich dem Leben am nächsten stand.

Du hattest das Bedürfnis, diese endlosen Wochen zu etwas Flüchtigem zu machen, das dich direkt in seine Arme führte. Aber warum dieses Bedürfnis? Was hatte er dir gegeben? Er war nur ein Mann, der kam und ging, der verschwand, wenn du ihn brauchtest. Warum also abhängig sein von Andrés?

Du warst wütend (wegen dieser Abhängigkeit oder wegen seiner Abwesenheit?), und in solchen Augenblicken konntest du nur eins tun.

Du hast von neuem eine der Saiten des Cellos erklingen lassen, diesmal, indem du sie gezupft hast, damit sie nicht wieder weinte. Jetzt war es eine gezielte Bewegung, ja, aber zugleich graziös. Du hast nackt in der Dunkelheit gelächelt, und indem du deinen Blick auf die Partitur geheftet hast, die er dir geschenkt hatte, ließ deine Angst nach.

»Wenn er zurückkommt, dann weil er mich liebt. Wenn er mich nicht liebt, dann kommt er besser nicht zurück.«

Mit diesem Gefühl hast du das Cello immer stärker an deinen Körper gedrückt und den Mond angeschaut.

Da klingelte das Telefon.

Du bist gerannt, damit dein Vater oder deine Schwester nicht aufwachten, die schon vor Stunden schlafen gegangen waren. Es war vielleicht drei, vier Uhr morgens. Bestimmt jemand, der sich verwählt hatte.

»Ja bitte?«

Schweigen.

»Ja bitte?«

»Ada?«

Nochmals Schweigen, bevor er hinzufügte:

». . . Ich bin's.«

Und genau wie du damals in Paris legte nun er den Hörer auf.

Warum? Weil du es auch einmal getan hattest? Und selbst wenn – begriff Andrés denn nicht, wie sehr du seine Worte brauchtest, wenn anderes schon nicht möglich war: sein Anblick, seine Hände in deinen, deine Lippen auf seinem Mund?

Du hast eine schlaflose Nacht verbracht, hast darauf gewartet, dass das Telefon noch einmal klingeln würde, hast darauf gewartet, erneut seine Stimme zu hören.

Aber der Anruf wiederholte sich nicht.

Zwei Tage später beim Nachhausekommen deutete deine Schwester mit einem Lächeln auf die Tür zu deinem Zimmer.

»Was?«

Berta sagte nichts. Sie drängte dich lediglich mit einer Kopfbewegung, endlich dein Zimmer zu betreten.

Dort, auf dem Bett, lag eine längliche Schachtel mit Löchern im Deckel.

Als Erstes hast du gedacht, deine Schwester hätte dir – um dich zu beruhigen (denn sie sagte, in letzter Zeit seist du ein Nervenbündel und würdest wegen jeder Kleinigkeit zusammenzucken) – Seidenraupen gekauft.

Dir fielen diejenigen ein, die deine Mutter dir geschenkt hatte, als du nicht mehr als sieben oder acht Jahre alt gewesen sein mochtest, und die du mit Maulbeerbaumblättern gefüttert hast. Du erinnertest dich an ihre Aufbewahrung an einem dunklen Ort und dann an deine Wonne, als du sahst, wie sie sich einsponnen, um sich schließlich als Schmetterlinge zu entpuppen.

Aber dir fiel auch ein, dass das Heim dieser Raupen eine alte Schuhschachtel gewesen war; dahingegen war die, die jetzt auf deinem Bett lag, in ein wunderschönes Metallic-Papier mit Seepferdchenmotiv eingepackt.

Du hast sie geöffnet, ohne groß zu überlegen. Darin lagen, zusammengehalten von einem schwarzen Samtband, vier Rosen. Eine rote, eine weiße, eine rosarote und eine Teerose. Und ein Kärtchen.

Wo immer ich bin, wo immer du bist, für mich wird es nicht die vier Himmelsrichtungen geben, sondern nur dich.

Es trug keine Unterschrift; das war auch nicht notwendig.

Dein Herz machte einen Satz, aber die anfängliche Freude wich bald einem gewissen Verdruss. Seine Aufmerksamkeiten begeisterten dich, erst die Partitur und jetzt die Blumen, die du in eine Vase ganz in die Nähe der Partitur stelltest. Aber er fehlte dir.

Er hatte dir nicht einmal seine Stimme zugestanden; nur ein paar Buchstaben – wunderschöne Buchstaben, zugegebenermaßen – auf einem Kärtchen. Kein Wort davon, wo er war oder wann er zurückkommen wollte oder ob er dich bald anrufen würde; nichts, gar nichts …

Du hast dich mit deinem Cello hingesetzt und die erste, ein wenig melancholische Melodie improvisiert, die dir in diesem Moment in den Sinn kam.

Schluss jetzt!«, hast du zu deinem Vater gesagt und ihm die Zigarette weggenommen, die er sich gerade angesteckt hatte.

»Du weißt, wenn du sie mir wegnimmst, sterbe ich«, protestierte er und setzte ein Märtyrergesicht auf.

»Ich weiß bloß, dass du stirbst, wenn du weiterrauchst«, hast du entgegnet und ihm dafür einen Orangensaft angeboten, den du gerade frisch gepresst hattest.

»Wir müssen alle an etwas sterben«, sagte dein Vater und ging so einem Streit mit dir aus dem Weg.

»Papa«, dein Blick war missbilligend, aber auch voller Zärtlichkeit, »ich brauche dich hier bei mir, noch lange, lange Zeit. Gib dir Mühe, den anderen zuliebe, mir zuliebe . . .«

Dein Vater schluckte. Er wusste, dass du ihn nur ganz selten um etwas gebeten hattest, nicht einmal als Kind zu deinem Geburtstag oder zu Weihnachten . . . Während Berta Briefe über Briefe schrieb und sich Dinge wünschte, hattest du einfach abgewartet, was man dir schenken mochte.

»Ich werd's versuchen«, sagte er, während seine Augen unwillkürlich zu der Zigarettenschachtel wanderten, die du genommen und in eine Schublade des Büffets gesteckt hast.

»Es gibt zwei Wege: entweder allmählich, indem du jeden Tag weniger rauchst, oder von heute auf morgen, indem du ein für alle Mal aufhörst.«

»Ich kann auf keine der beiden Arten aufhören«, sagte dein Vater mit einem tiefen Seufzer.

Du hast dich neben ihn gesetzt, seine Hände in deine gelegt und ihm deine Wärme übermittelt:

»Papa, wenn du willst, schaffst du es.«

»Glaubst du, mein Mädchen?«

»Als Mama gestorben ist, hast du gedacht, unter deinen Füßen bricht die Welt zusammen, und trotzdem hast du weiterleben können.«

»Das ist wahr, mein Mädchen. Wenn man das Leben nennen kann . . .«

»Komm, Papa, fang nicht damit an . . .! Du weißt ja, wo die Zigaretten sind. Wenn du willst, rauchst du; wenn nicht, dann lässt du es. Es ist deine Entscheidung.«

»Ja, mein Mädchen ...«, antwortete er resigniert.

Du bist zum Unterricht gegangen.

Während du zu Isabel gefahren bist – mit der U-Bahn, zweimal umsteigen –, hast du mit Verdruss an deine eigene Wohnung gedacht. Die Wohnungen, die in der Zeitung annonciert waren, kosteten eine horrende Miete, oder wenn sie im Rahmen deiner Möglichkeiten waren, lagen sie weit außerhalb, etliche Kilometer vom Zentrum Madrids entfernt.

An diesem Nachmittag war Gaudi noch nicht da. Isabel machte dir die Tür auf, und sofort hast du gemerkt, dass sie geweint hatte.

»Was hast du denn, Isabel?«

»Nichts«, antwortete das Kind und öffnete seinen Cellokasten.

»Nichts?«, hast du scherzend gesagt. »Du weißt ja: Wer nichts hat, dem muss man unter die Arme greifen.«

Du hast ihr einen Kuss gegeben, sie dir auf die Knie gesetzt und angefangen, mit ihr zu spielen, sie zu necken und zu kitzeln.

Fast sofort lachte Isabel wieder.

»Natürlich hattest du nichts!«, hast du schon beruhigter gesagt.

Isabel wollte wieder ernst werden, und halb gelang es ihr.

»Sieh mal, Ada, komm ...«

Das Mädchen führte dich zur Abstellkammer, wo eine Trommel mit Waschmittel stand, ein Wischmopp, eine Aluminiumleiter, ein paar Plastikeimer und mehrere unterschiedlich große Kartons.

Einer von ihnen hatte Löcher im Deckel.

Isabel öffnete ihn.

»Sie sind mir gestorben!«, schluchzte sie.

Da lagen sie, weißlich, fast grau, gestreift, zusammengeschrumpft. Raupen, aus denen nie Schmetterlinge werden würden.

»Warum haben sie sterben müssen?«, fragte die Kleine. »Warum?«

Ich weiß, dass du dich sehr hast zusammenreißen müssen, um dir nichts anmerken zu lassen. Dass du geschluckt hast, um dein strahlendstes Lächeln hervorzubringen. Wie war es möglich, dass – kurz nachdem du an deine Seidenraupen gedacht hattest – jetzt welche vor dir auftauchten, und dann noch auf diese Weise?

Du bist in die Hocke gegangen, auf eine Höhe mit Isabel, und hast ihr in die Augen geschaut.

»Hast du irgendwo eine Schaufel?«, hast du sie gefragt.

»Eine Schaufel?«, wunderte sie sich.

»Ja, eine Schaufel, einen Eimer, wie man sie an den Strand mitnimmt.«

»Ich bin noch nie am Strand gewesen«, sagte Isabel, während sie in einem der Kartons wühlte, in dem alte Spielsachen verstaut waren. »Geht die hier?«

»Ja, wunderbar.«

An diesem Tag, das hast du gleich gewusst, würdest du keinen Unterricht geben. Zumindest keinen Musikunterricht.

»Wie kann es sein, dass du noch nie am Strand gewesen bist? Hast du noch nie das Meer gesehen?«

»Nein«, antwortete Isabel.

»Eines Tages kommst du mit mir und schaust es dir an, einverstanden?«

Isabel lächelte und klatschte mit ihrer Hand gegen deine, wie Komplizen.

Ihr seid in einen nahe gelegenen Park gegangen, und hinter einigen Bänken in der Nähe eines blühenden Zwergstrauchs, der vom Weg aus praktisch nicht zu sehen war, hast du ein Loch gegraben.

»Einmal berief der König des Urwaldes eine Versammlung mit allen Tieren ein, um seinen Nachfolger zu bestimmen. ›Es muss jemand sein, der weise und vernünftig ist‹, verkündete er. ›Quak-quak‹, sagte der Frosch und hüpfte vor Freude, ›das bin ich.‹ Der Löwe tat, als habe er nichts gehört und fuhr fort: ›Er muss Autorität haben und von allen respektiert werden.‹ – ›Quak-quak, das bin ich‹, beharrte der eitle Frosch. Der Löwe schüttelte seine Mähne, bevor er fortfuhr: ›Er muss den einen wie den anderen zuhören können, bevor er eine wichtige Entscheidung trifft.‹ – ›Quak-quak‹, unterbrach der Frosch erneut, ›das bin ich.‹ «

Allmählich verschwand der Karton mit den Raupen unter der Erde des Parks.

»Und was ist dann passiert?«, fragte Isabel, schon mehr an der Geschichte vom Löwen und dem Frosch interessiert als an ihren Seidenraupen.

»Der König des Urwaldes, der bereits die Schnauze voll hatte von den vielen Unterbrechungen, sagte mit wilder Miene: ›Jeder von euch, der diese Bedingungen erfüllt, kann mein Nachfolger werden.‹ Der Frosch wollte gerade ein weiteres Mal sein dreistes ›Quak-quak‹ ausstoßen, aber diesmal kam der Löwe ihm zuvor: ›Jeder außer einem Tier, das hier ist, unter uns, das hüpft, Glubschaugen hat und quakt! Dieses Tier kann niemals, unter keinen Umständen, mein Nachfolger werden!‹ Der Frosch schaute zur einen Seite und zur anderen, bevor er in lautes Gelächter ausbrach, dann schlug er einen Purzelbaum und rief zum Erstaunen aller Anwesenden aus: ›Hast du aber ein Pech, liebe Kröte!‹ «

Isabel lachte. Als ihr wieder bei ihr zu Hause wart, hattet ihr gerade noch Zeit, einen Blick auf den Stoff zu werfen, den ihr endgültig auf die nächste Unterrichtsstunde verschoben habt.

Und so gingen die Abende, die Tage, die Wochen dahin.

Andrés ließ weiterhin nichts von sich hören. Die Rosen waren bereits verwelkt, aber du hast ihre trockenen Blütenblätter aufgehoben, um sie in die Seiten deiner Lieblingsbücher zu legen.

Das weiße Blütenblatt in die Lyrikanthologie von Juan Ramón Jiménez. Das rote in die *Briefe aus Atlantis* von Silverberg. Die rosarote in das erste Kapitel der *Brüder Karamasow* von Dostojewski, in dem eine der weiblichen Figuren des Romans auftaucht. Und das von der Teerose in das Buch eines britischen Autors: *Meine Familie und anderes Getier* von Gerald Durrell.

In der Zwischenzeit hatte im Konservatorium der Unterricht wieder begonnen. Eines Nachmittags bist du zum schwarzen Brett gegangen, um deine Anzeige aufzuhängen: Wohnung gesucht, auch zu mehreren.

»Wie wär's mit mir?«, sagte eine Stimme hinter dir scherzend.

Es war Benito, ein anderer Schüler, der Viola da Gamba spielte, auch wenn er durch seine zerstreute, lustige Art eher wie ein Jazzmusiker wirkte.

»Man würde uns aus der Wohnung werfen«, hast du mit einem Lächeln gesagt. »Da wär was los!«

»Sagst du das, weil wir den ganzen Tag Musik machen würden?«

»Warum denn sonst?«, hast du mit einer koketten Geste angeknüpft.

»Na klar«, fügte der junge Mann hinzu und führte den Scherz weiter. »Ich verstehe, dass mein Charme die Situation für dich irgendwann unhaltbar machen würde ...«

»Und ob!«

Bevor die Unterhaltung in diese Richtung weiterging, hast du sie unterbrochen, indem du eine Anzeige gelesen hast.

»Worum geht's denn da?«

»Das sind die aus dem dritten Jahr, sie organisieren eine Reise in den Weihnachtsferien.«

»Wohin? Hier steht bloß, dass wir jeden Vorschlag, den wir machen wollen, schriftlich Mavi geben sollen.«

»Mavi, die ›Emanze‹, du weißt schon.«

So nannte Benito eine Mitschülerin, weil sie seiner Meinung nach zu bestimmend war, und vor allem, weil sie sich die Achseln nicht enthaarte. Und weil sie genau wusste, was sie wollte. Aber die wenigen Male, die du sie getroffen hattest, warst du dankbar gewesen für ihr offenes, strahlendes Lächeln.

»Sie wissen einfach nicht, wo sie hinfahren sollen. Sie wollen es demokratisch entscheiden, durch Mehrheitswahl.«

»Und je nachdem, wie viel Knete sie haben, schätze ich.«

»Ganz richtig.«

Benito begleitete dich bis zur Tür.

»Hast du Lust auf einen Kaffee?«

»Lieber einen Tee«, hast du geantwortet, ohne zu wissen, was du da sagtest.

Während du mit Benito in dem Café saßt, hast du dir überlegt, dass du gerne weit weg wärst. Egal, wie, aber weit weg. Entweder mit Andrés, wo er auch sein mochte, oder allein, verloren im Wüstensand zum Beispiel.

Du hast Mavi gesucht und ihr deinen Vorschlag überreicht.

»Kommst du mit uns?«, fragte sie dich mit ihrem Jungenhaarschnitt und vor allem mit diesem so gewinnenden Lächeln, das einen Teil ihrer weißen Zähne zum Vorschein brachte.

»Das würde ich gern«, hast du geantwortet und konntest es nicht verhindern, ihr direkt in die Augen zu schauen. Mavi faltete den Zettel auseinander, auf den du deinen Wunsch geschrieben hattest.

»Die Wüste!«, rief sie überrascht, um sofort hinzuzufügen: »Find ich toll.«

»Das freut mich, Mavi.«

»Wir sehen uns wieder, Ada.«

Dann hast du die Sache vergessen.

Als du nach Hause gekommen bist, roch es nach Tabak.

Vater hat nicht lange durchgehalten, hast du dir gesagt. Aber dein Vater war gar nicht zu Hause, er traf sich mit einem seiner Cousins.

Berta saß im Schneidersitz auf dem Bett und rauchte einen Joint, während sie halb entrückt per Kopfhörer Musik hörte.

Du hast ihr den Joint von den Lippen genommen und ihn in die Toilettenschüssel geworfen.

»Na toll! Ich versuche, Papa den Tabak auszureden, und jetzt kommst du damit an ...«

»Das hier ist kein Tabak.«

»Es ist noch schlimmer, Berta. Das ist Scheiße! Hast du das etwa nicht kapiert?«

Was Berta sehr wohl kapierte, war, dass du weintest. Wegen so einer Kleinigkeit?

Sie versuchte, dich zu beruhigen, indem sie sich so gut wie möglich entschuldigte:

»Ich rauche fast nie, aber ich habe gehört, wenn man diese Musik hören will, ist es das Beste ...«

Guns 'n' Roses. Wo hattest du von dieser Band gehört? Wo?

Als es dir einfiel, hast du deine Schwester gestreichelt, damit sie nicht dachte, du wärst noch böse auf sie, und hast dich in dein Zimmer zurückgezogen.

Die Vase war leer.

Das Cello stand wie verlassen in einer Ecke.

Die Partitur lag auf einem metallenen Notenständer, halb eingerollt durch die Hitze. Bevor du dich hingelegt hast, klemmtest du sie mit einer Wäscheklammer fest, damit sie schön offen blieb.

Du hast an den Wächter der Sandburg gedacht. Wenn er sich keine Gedanken zu machen brauchte wegen der Gezeiten oder wegen Kindern, warum war er dann dort als Wächter aufgestellt worden? Vielleicht, um die Burg vor Regen zu schützen? Genau! Der Regen konnte den Sand in Matsch verwandeln.

Aber in diesem Winkel der Welt war es so trocken wie in einer Wüste; es regnete nie. Genau! Sein Feind war der Wind. Er tüftelte ein Verteidigungssystem aus mit Palisaden, mit hohen Mauern, die nicht einmal der Schirokko einreißen konnte. Doch bald fiel ihm auf, dass dort nicht das geringste Lüftchen ging. Was war dann die Aufgabe des bleichen Wächters auf dieser Welt?

Das Telefon klingelte hartnäckig.

»Berta, geh du bitte ran!«

Berta, die bestimmt gefangen war von der Musik von *Guns ´n´ Roses*, hörte nichts.

Schließlich musstest du drangehen, vielleicht war es dein Vater, der euch sagen wollte, ihr solltet an diesem Abend nicht mit dem Essen auf ihn warten.

»Ja?«

»Nein?«, war am anderen Ende zu hören.

»Andrés!«

»Hallo Ada!«

»Hallo . . .«

Du wusstest nicht, was du noch sagen solltest. Da waren so viele, viele Dinge, die sich in deinem Mund überstürzten und alle gleichzeitig hinauswollten! Und jetzt war es so, dass gar nichts herauskam . . .

»Hast du die Blumen bekommen?«

»Das ist schon so lange her!«

»Ich weiß, Ada, und es tut mir Leid. Aber bald sehen wir uns, hast du Lust?«

»Na klar . . .«, hast du gestammelt.

»Nur › na klar‹ ?«, fragte dich Andrés, als wäre er überrascht von deinem Mangel an Begeisterung.

Wenn er gewusst hätte, dass in diesem Augenblick dein größter Wunsch war, ihn in deine Arme zu schließen! Aber dir fiel nichts anderes ein, als zu fragen:

»Bist du weit weg?«

»Nein, Ada, jetzt bin ich ganz in der Nähe, ich bin bei dir, nicht wahr?«

»Ja, na klar.«

»Schon wieder › na klar‹ ?«

Du hast dich gehasst. Wie konntest du nur so einfältig sein? Tage und Wochen hattest du darauf gewartet, mit ihm zu sprechen, und jetzt, wo er am anderen Ende der Leitung war, fiel dir nur Schwachsinn ein.

»Deine Blumen fand ich toll, aber . . .«

»Aber . . .?«

»Viel lieber hätte ich dich hier.«

»Bestimmt?«

»Wie kannst du daran zweifeln!« Diesmal warst du überrascht von seinem Zweifel. »Andrés . . . Andrés . . .!«

Er hatte aufgelegt, oder vielleicht war die Leitung unterbrochen. Jedenfalls war er schon wieder nicht mehr da. »Ruf an, ruf noch mal an, lass das nicht so stehen, ruf an . . .!«

Es klingelte an der Tür.

»Berta, es klingelt!«

Natürlich ging niemand aufmachen; das würdest du tun und deinen Posten neben dem Telefon aufgeben müssen. Mit Schwung hast du die Tür geöffnet, bestimmt verärgert über den Eindringling, der es ausgerechnet in diesem Moment wagte, in deinen Privatbereich einzudringen.

»Hallo!«

Für einen Augenblick hat es dir den Atem verschlagen.

». . . Du siehst, ich war ganz in der Nähe«, sagte Andrés und streckte eine seiner Hände nach deiner Wange.

Du bist ihm in die Arme gefallen, damit er dich festhielt, damit du seinen Duft riechen konntest.

»Ich hab dich so sehr vermisst . . .!«

»Ich dich auch.«

»Wirklich?«

Schon wieder Schwachsinn. Niemals, das wusstest du ganz genau, Ada, niemals darfst du jemanden fragen, ob er dich liebt. Das ist ein Mangel an Selbstsicherheit, ein Mangel an Vertrauen; das ist, als schütte man ein wenig Gift in das Elixier der Liebe.

Am meisten gefiel dir, dass sein Kuss dir vorkam wie der von jemandem, den du nur wenige Stunden zuvor gesehen hattest.

Gefiel es dir wirklich, Ada, dass in seinem Kuss kein bisschen Erregung zu spüren war?

Ja, natürlich . . . oder natürlich nicht. Leidenschaft konnte reine Begierde bedeuten; in der Zärtlichkeit lag dagegen etwas mehr von Freundschaft.

Und wie kann man sinnliche Freundschaft empfinden? Oder hast du das vielleicht gar nicht gemeint, Ada?

Plötzlich hast du hinter dir einen Schrei gehört. Berta, die gerade aus der Dusche gekommen war, stand halb nackt da, nur in ein Handtuch gewickelt.

»Das ist Andrés.«

Mit den Händen vor der Brust entschuldigte sich deine Schwester, und irgendetwas von ihrem nassen Haar murmelnd, rannte sie los, um sich anzuziehen.

»Ich mache mich schnell zurecht, dann gehen wir«, hast du gesagt in der Absicht, Andrés solle dort auf dich warten, während du dich hübsch machen würdest.

Aber ihn schienen nicht einmal die Spuren der Tränen in deinen Augen zu kümmern.

»Lass uns gleich gehen, komm!«

»Warte, ich nehme die Schlüssel mit.«

Du hast sie dir fast im Flug von dem Haken hinter der Wohnungstür schnappen müssen. Andrés zog dich an der Hand. Dort, vor deiner Haustür, stand sein steinzeitliches Motorrad, so hässlich wie immer, so geschmacklos grell angemalt, aber so bezaubernd wie beim ersten Mal.

»Das nächste Mal nimmst du mich mit auf deine Reise«, hast du zu ihm gesagt, während ihr Madrid auf einer Ausfallstraße hinter euch gelassen habt.

Andrés sagte nichts. Bestimmt hörte er dich nicht wegen des starken Verkehrs. Oder vielleicht doch?

Du hast hinter ihm gesessen und ihn mit all deinen Sinnen gespürt, geatmet, gefühlt, bis das Motorrad einer Abzweigung nach rechts folgte.

»Wo fahren wir hin?«

»Ich will dich ein paar Freunden vorstellen.«

O nein!, hast du gedacht, keine Freunde, ich will allein mit dir sein, allein mit dir.

Er schien deine Gedanken zu erraten, denn fast sofort beruhigte er dich:

»Ein paar ganz besondere Freunde, die nicht sprechen

können«, sagte er geheimnisvoll, um gleich hinzuzufügen: »Ich glaube, sie brüllen nicht einmal mehr.«

Chinchón war für dich nicht nur ein wunderschönes Dorf mit berühmten Kolonnaden, sondern auch die Erinnerung an verschiedene dort gedrehte Filme wie *Stunde der Wahrheit* von Orson Welles oder *In 80 Tagen um die Welt.*

Andrés stoppte sein Fahrzeug vor der Tür eines andalusisch aussehenden Restaurants mit Reitstall und einer kleinen Stierkampfarena.

Seit wann brüllen Stiere oder Pferde?, hast du dich gefragt, während du dich weiterhin von ihm an der Hand hast führen lassen.

»Schau sie dir an; ich finde sie hinreißend, weil sie fast schon Versteinerungen sind.«

Ein Löwe und eine Löwin. Alt, mit zerzausten Mähnen, gelangweilter Ausstrahlung, zweifellos bereits in den letzten Jahren ihres Lebens.

»Was machen die denn hier?«

Sie schienen die Freiheit der afrikanischen Savannen mit dem Käfig in diesem Dorf außerhalb Madrids vertauscht zu haben.

»Ein berühmter nordamerikanischer Produzent hat sie als Geschenk hier gelassen, nachdem er einen Zirkusfilm gedreht hatte.«

Der Film, jetzt fiel es dir ein, denn du hattest ihn vor kurzem im Fernsehen gesehen, hieß *Circus-Welt*, aber als er gedreht wurde, warst du noch nicht einmal auf der Welt.

»Immer wenn ich wieder zu Hause bin, komme ich her und begrüße sie.«

Das Löwenpärchen schien sich aus eurer Gegenwart nichts zu machen. Das Männchen schüttelte seine schmutzige Mähne, dann ließ er sich wieder sinken und schloss die Augen, als erwarte er gar nichts mehr.

Als ihr euch an der Plaza Mayor hingesetzt habt, um etwas zu trinken, hast du es ihm noch einmal gesagt:

»Das nächste Mal will ich mit dir fahren.«

»Um Cello zu spielen, während wir die Ausgrabungen machen?«

»Das wäre nicht schlecht; als ob man deine Arbeit mit Musik untermalt.«

»Nein, das wäre nicht schlecht . . .«, gab Andrés zu und ließ resigniert den Kopf sinken.

»Was ist los?«

»Das weiß ich selbst nicht. Ich bin gekommen, um dich zu sehen, und . . .«

»Was willst du damit sagen? Dass du nicht bleiben kannst?«

»Ich bin, wie man so schön sagt, auf der Durchreise.«

Deine Stimme drang mühsam aus deiner Kehle.

»Wann fährst du?«

Andrés lächelte und packte deine Hände ganz fest.

»Ich weiß es nicht, das hängt nicht von mir ab. In zwei Wochen, in zwei Monaten . . .«

Erleichtert hast du geseufzt. Du hattest befürchtet, er würde sagen: »In zwei Stunden«, und dann hinzufügen, ihr müsstet auf der Stelle nach Madrid zurückfahren, damit er in einen Zug oder ein Flugzeug steigen konnte mit irgendeinem fernen Ziel.

»So ein Glück! Zwei Wochen, sogar zwei Tage, das ist alles, was ich brauche, um glücklich zu sein.«

»Aber du musst es verstehen, Ada. Das hier ist absurd; wir haben uns plötzlich kennen gelernt; das Kino, Paris, die Stadt der Liebe, alles sehr schön, sehr poetisch . . .«

». . . richtig filmreif, ja. Und sehr musikalisch«, hast du hinzugefügt, weil du an die Partitur dachtest, die er dir in der *Gare d'Austerlitz* geschenkt hatte.

»Aber wir sind weit weg voneinander.«

»Na und?«

»Also ich kann so nicht leben.«

Andrés schaute dir in die Augen und ließ sich von deinem Blick umfangen.

»Warum kannst du so nicht leben?«, hast du ihn gefragt in der Hoffnung, er werde die Worte aussprechen, von denen du so viel geträumt hattest.

Andrés redete nicht lange um den heißen Brei:

»Ich mache mir mein Leben zu kompliziert mit dir.«

Diese Worte hatten geklungen wie Glockenschläge einer Kathedrale. Um ihr Gewicht herunterzuspielen, hast du trotzdem mit einem leisen Lächeln gesagt:

»Ich auch . . . Für wen hältst du dich eigentlich?«

»Ich will dir doch nicht weh tun und . . .«

Du hast Angst bekommen vor dem, was er noch sagen wollte. Wenn jemand sagt, er will niemandem weh tun, dann tut er es bereits. Es war offensichtlich, dass Andrés keine Weichen für sein Leben stellen wollte. Und du wolltest ihn trotz deiner Liebe oder vielleicht gerade wegen ihr nicht bedrängen.

»Mach dir keine Gedanken! Wir wollen uns nicht länger den Kopf zerbrechen. Lass uns nicht an die Zukunft denken . . .!«

Aber in Wahrheit konntest du nicht aufhören, nachzudenken und Pläne zu schmieden.

»Weißt du, dass am Konservatorium in den Weihnachtsferien eine Überraschungsreise organisiert wird?«

»Warum eine Überraschungsreise?«

»Weil wir noch nicht wissen, wo wir hinfahren. Jeder schreibt auf einen Zettel den Namen eines Ortes, und welcher Ort am häufigsten genannt wird, da fahren wir hin, natürlich nur, wenn das Geld reicht . . .«

»Und was hast du aufgeschrieben?«

»Marokko.«

Du hast dich schon an seiner Seite durch die Wüste wandern sehen, den Kopf bedeckt mit einem indigoblauen Turban, mit nackten Füßen, die im Sand versinken, und einem Sonnenuntergang, der die Dünen in leuchtend rotes Flimmern verwandelt. Und obwohl du dir vorgenommen hattest, ihn nicht zu bedrängen, hast du zu ihm gesagt:

»Warum kommst du nicht mit uns?«

»Mit euch?«

»Mit mir.«

Andrés sah dich bestürzt an und sagte nichts.

Was könnte man über die folgenden Wochen sagen?

Andrés war bei dir gewesen, weniger lange als erträumt, wenn auch vielleicht länger als vorgesehen. Als hättet ihr Stillschweigen vereinbart, habt ihr nicht über die Zukunft oder über gemeinsame Pläne oder neue Reisen gesprochen.

Ihr habt nur Spaziergänge gemacht, euch geküsst, seid

ins Kino gegangen, habt euch wieder geküsst. Und eines Tages ist er fortgegangen, genau wie er gekommen war.

»Er kommt wieder, mein Mädchen, er kommt wieder«, sagte dein Vater zu dir, während er sich seine »letzte« Zigarette ansteckte, denn er versprach immer, »morgen« werde er aufhören.

»Ada, sag mal«, fragte dich Isabel eines Tages in einer Pause beim Musikunterricht, »warum sind Jungs eigentlich so gefühllos?«

Und sie erzählte dir etwas, das im Unterricht vorgefallen war: Einem Mitschüler war ein Gedicht, das die Lehrerin vorgelesen hatte, sehr nahe gegangen und die anderen hatten ihn »Zimperliese« genannt.

»Nicht alle sind gefühllos. Ich kenne viele, die musikbegeistert sind genau wie du oder ich.«

»Ich meinte nicht gerade die vom Konservatorium«, erwiderte Isabel.

Benito pflegte wie zufällig aufzutauchen, das fandest du bald heraus. Doch du mochtest seine Gegenwart, auch wenn du oft an Andrés denken musstest. Aber immer wenn dir Andrés' Abwesenheit einfiel, hast du schlechte Laune bekommen.

Benito löste alles mit einem Scherz:

»Weißt du, Ada, was wir neulich mit den Bläsern gemacht haben?«

Du wusstest, dass es zwischen den Streich- und den Blasmusikern immer gewisse Reibereien gab. Sie nannten euch »Fiedelkratzer« und ihr sie »Pfeifen«.

»Sag bloß, ihr habt das mit der Zitrone gemacht!«

»Jawohl. Und sogar im Unterricht vom Toscanini.«

Der Toscanini war ein Lehrer, der eine gewisse Ähnlichkeit mit dem berühmten schnauzbärtigen italienischen Dirigenten hatte. Er war sehr streng und duldete in seinem Unterricht keine Scherze.

»Während die Flöten, das Fagott, die Klarinette und die Tuba geblasen haben wie verrückt – sie haben irgendwas aus dem Barock gespielt –, habe ich den anderen ein Zeichen gegeben, und alle auf einmal . . .«

». . . habt ihr angefangen, Zitronen zu lutschen!«

»Genau, wir haben saftige Zitronenschnitze gelutscht.«

Du konntest dir ein lautes Lachen nicht verkneifen. Denn wenn Blech- und Holzbläser etwas nicht leiden können, dann sind es Zitronen: Wenn man jemanden eine Zitrone essen sieht, läuft einem das Wasser im Mund zusammen, es bildet sich viel Speichel, und statt Luft kommen Blasen aus dem Mund.

»Und was hat der Toscanini gesagt?«

»Er hat nichts gesagt; er hat bloß mit dem Finger auf die Tür gedeutet. Er hat uns rausgeworfen. Aber die Sache war schon gelaufen. Wenn wir jetzt irgendeine von diesen vorlauten Posaunen oder Trompeten ärgern wollen, brauchen wir nämlich bloß so zu tun, als ob wir Zitronen essen, dann läuft ihnen bei der bloßen Vorstellung der Speichel im Mund zusammen und hindert sie daran, normal zu spielen.«

Mavi kam den Flur entlang und grüßte dich, aber wahrscheinlich hast du sie nicht einmal gesehen. Höchstwahrscheinlich hast du es bedauert, am »Zitronen-Tag« nicht im Unterricht gewesen zu sein. Warum eigentlich nicht?

Weißt du es noch?

Warst du vielleicht ins Kino gegangen?

Warst du melancholisch?

Hattest du einen Brief an Andrés geschrieben?

Du hattest geschrieben, ja, aber keinen Brief. Sondern die erste Seite deines Tagebuchs. Diese Beichte an dein Heft hatte dich so in Anspruch genommen, dass du – als es dir einfiel – zu spät dran warst.

Was hast du als Motto an den Anfang geschrieben? Das Erste, was dir einfiel, einen Satz, den du dir viele Male gesagt hattest:

Beim Musizieren gelangt man über sich selbst hinaus, in einen rauschhaften Zustand, man fühlt sich verlassen und sehr glücklich zugleich.

Das war ein Satz von Jacqueline du Pré, für dich die größte Cellistin der Welt, bis eine qualvolle Krankheit zuerst ihrer Kunst ein Ende machte und dann ihrem Leben.

Du wolltest ihr auf irgendeine Weise gleichen und in ihrem Andenken hattest du dir zum ersten Mal gesagt, dass manche Leute zu jung sind zum . . .

Dann hast du in deinem frisch begonnenen Tagebuch über Andrés geschrieben. Auf den folgenden Seiten hast du immer weiter über ihn und über dich geschrieben, manchmal voller Freude und Hoffnung, manchmal voller Bestürzung, und du hast dich gefragt, ob das Liebe war oder nur ein Bedürfnis nach Liebe.

Unterdessen rückten die Wochen vor wie eine Dampfwalze über eine frisch asphaltierte Straße. An diesem Nachmittag goss es in Strömen. Seit Monaten hatte es in Madrid nicht geregnet, aber an diesem Tag verwandelte ein Gewitter die Straßen in Schluchten mit Sturzbächen.

Da nichts darauf hingedeutet hatte, warst du ohne Regenschirm aus dem Haus gegangen. Und als der Himmel seine Schleusen öffnete, musstest du rennen und dich in einem Hauseingang unterstellen.

Neben dir standen Leute. Vergnügte Jungs, die begeistert waren von dem Regenguss, ganz im Gegensatz zu einer hochnäsigen Señora, der die Schminke im Gesicht verlaufen war. Die Situation war amüsant, ja sogar angenehm. Zu sehen, wie der Hagel und das Wasser auf die Bürgersteige und die Dächer der Autos trommelten, um sich gleich darauf in einen Gully zu stürzen, der gar nicht so viel schlucken konnte.

»Hallo!«

Die Stimme durchzuckte dich wie ein Blitz. Du hast dich umgedreht.

»Kennen wir uns?«

»Ich dich schon.«

Da stand er, vor dir, lächelte dich an und strich sich eine Haarsträhne aus der Stirn.

»Andrés!«

Ihr habt euch geküsst.

»Ich bin dir schon eine ganze Weile nachgegangen.«

»Ohne mir was zu sagen?«

»Ich wollte sehen, wie du vor mir gehst. Mir gefallen deine Beine, dein Rücken, dein . . .«

Du hast die Finger auf seine Lippen gelegt, aber nicht schnell genug, um zu verhindern, dass er den Satz zu Ende sprach.

». . . dein Hintern; ich finde es hinreißend, wie er sich bewegt.«

Du bist rot geworden, und damit er es nicht merkte, hast du ihn umarmt und deinen Kopf an seiner Schulter versteckt, in dieser so gemütlichen Kuhle, die an diesem Nachmittag nach trockenem Laub und feuchter Erde roch.

Ohne zu warten, bis der Regen ganz aufhörte, seid ihr auf der Straße weitergegangen. Eng umschlungen, die Arme um die Hüften gelegt, eure Wärme spürend.

»Komm mit nach Marokko!«, hast du auf einmal zu ihm gesagt, als hänge dein Leben davon ab.

»Ich werde mein Möglichstes tun, aber meine Perissodactyla aus dem Paläozän warten auf mich.«

»Deine was?«

»Meine prähistorischen Tapire und Nashörner, du weißt schon.«

»Und in Marokko gibt es keine solchen Viecher?«

Andrés lächelte.

»Schon möglich . . .«

In diesem Augenblick, Ada, hast du gespürt, dass etwas gut funktionierte. Warum? Obwohl er dir keine Versprechungen machte, hast du gewusst, dass Andrés dir nahe war, sehr nahe. Vielleicht wegen seiner Art, dich auf der Straße gehen zu sehen, wegen der Art, wie er dir gefolgt war und die Erotik deines Körpers im Regen gesucht hatte.

»Das reicht mir schon«, hast du gesagt, bevor du ihn ein weiteres Mal geküsst hast.

Die Straßenlaternen gingen an, und der Asphalt begann zu glänzen. Es war ein Schauspiel von Lichtreflexen und Schatten, von Bildern, die sich auf dem Boden spiegelten und beschirmt wurden von einem schwarzen Himmel, in dem sich die Wolken allmählich verzogen, um den Sternen Platz zu machen.

»Meine Viecher, wie du sie nennst, sind sehr wichtig. Die müssen doch wirklich wichtig sein, wenn wir seit 38 Millionen Jahren auf der Suche nach ihnen sind.«

»Ich weiß, Andrés, aber ich wäre nun mal so gerne bei dir . . .«

»Wir werden bald zusammen sein, ganz bald.«

Diese Worte ließen dich erschauern. Waren sie ein Versprechen? Eine Liebeserklärung?

Du hast die Augen geschlossen, und was du gesehen hast, war nicht Paris im Sommer und auch nicht Madrid im Herbst. Was du gesehen hast, war die Wüste im Winter. Eine Wüste, auf die die Sonne niederbrannte, die von roten Dünen durchzogen war und von einer lebenswichtigen Oase mit Palmen geschmückt wurde.

Warum ich? Warum so jung? Warum in diesem Moment? Warum . . .?

DRITTER SATZ:
IN RUHIG FLIESSENDER BEWEGUNG

»O Schmerz!
Du Alldurchdringer!
Dir bin ich entrungen.
O Tod! Du Allbezwinger!
Nun bist du bezwungen!«

Du hattest es immer gern gehabt, wenn es auf Weihnachten zuging. Bis damals. Was dir in den Jahren zuvor Freude bedeutet hatte an den Lichtern, an der Werbung, an den Buden auf der Plaza Mayor, an den Weihnachtsmännern überall auf den Straßen, an den hastigen Einkäufen in letzter Minute – das war dir in diesem Jahr eher lästig.

Du würdest Weihnachten zu Hause verbringen, bei deinem Vater und bei Berta, und auf einen Anruf von Andrés warten, der, wie er gesagt hatte, um diese Zeit bei Ausgrabungen in der Nähe des römischen Amphitheaters von Nîmes beschäftigt sein würde. Konnte er denn nicht einmal an solch einem Familienfest auf seine Versteinerungen verzichten? Konnten denn seine Palaeoteuthis oder Cephalopoden nach so vielen Millionen Jahren nicht eine Woche länger warten?

In deinem Zimmer hattest du neben das Cello, unter das Foto von Jacqueline du Pré, die Postkarte von Madame Jeanson gehängt, auf der sie dir ein frohes neues Jahr wünschte. Es war eine Postkarte, auf der keine der typischen Sehenswürdigkeiten von Paris abgebildet war (etwas, was dich nach dem geschenkten Eiffelturm inklusive Musik absolut nicht gewundert hätte), sondern die von Renoir signiert war: »Zwei Mädchen am Klavier«, eines der wunderbaren Gemälde, die du im Impressionisten-Museum am Quai d'Orsay gesehen hattest und das als Reproduktion in ihrer Wohnung in der Rue de la Harpe an der Wand hing.

Und daneben, unter der Partitur von Bach, stand deine Reisetasche. Du hast sie wieder und wieder angeschaut, jedes Mal, wenn du dein Zimmer betreten hast.

In vier Tagen würde dich das Flugzeug nach Marrakesch bringen, und von dort aus würdet ihr in einem Kleinbus, einem Jeep oder irgendeinem anderen Fahrzeug das Atlas-Gebirge überqueren, um in die afrikanische Wüste zu gelangen.

Du wolltest nicht traurig werden. Du hast dir bis zum Überdruss gesagt, dass Andrés nicht mit dir kommen konnte, dass dies eine Reise mit Schülern vom Konservatorium war und dass Andrés dabei im Grunde nichts verloren hatte. Und dass es ein Glück war, dass dein Vorschlag angenommen worden war, denn wenn die Wahl auf Paris gefallen wäre, wärst du zu Hause geblieben.

Wie hättest du in Frankreich sein können, ohne ihn zu sehen? Wie durch Paris spazieren, ohne an so viele Dinge zu denken, die dich schließlich melancholisch gestimmt hätten?

Besser so: Marokko, ein anderes Land, wo du, ohne Arabisch zu können, dich auch auf Französisch verständigen konntest. Für ein paar Tage weit weg von zu Hause, weit weg von allem, ohne über Musik auch nur zu reden, denn ihr hattet euch gegenseitig versprochen, die Achtelnoten, die Fugen, die Kodas und sonstigen Kram zu Hause zu lassen. Ihr wolltet Spaß haben und euch erholen.

»Hör mal«, fragte dich Benito mit einem spitzbübischen Lächeln, »die Araber trinken angeblich keinen Alkohol. Wie wollen wir dann an Silvester anstoßen?«

»Mit Litinés-Wasser.«

»Mit was?«, rief Benito mit erstaunter Miene.

Du dachtest an deine Kindheit, als dein Vater noch

nicht rauchte und sagte, das Beste für den Magen und die Verdauung sei, bei den Mahlzeiten Litines-Wasser zu trinken; magische Pülverchen französischer Herkunft (*»les litinés du docteur Gustin«*), die man in der Apotheke bekam und an die dein Vater ebenso wie deine Großmutter aus Limoges euch von klein auf gewöhnt hatten.

»Litinés du docteur Gustin«, hast du lachend zu Benito gesagt. »Du wirst schon sehen, das gibt eine originelle Silvesterfeier!«

Benito verstand nicht recht; eigentlich verstand er dich so gut wie gar nicht, aber du gefielst ihm. Doch du wolltest nichts davon wissen. Nicht einmal während dieser seltsamen Reise, auf der ein gewisser Selim euer Reiseleiter sein würde.

24. Dezember. Drei Uhr nachmittags. Ich habe mich in mein Zimmer zurückgezogen. Berta liegt mir in den Ohren, dass ich ihr in der Küche helfen soll. Papa haben wir aus der Wohnung geworfen, damit er nicht stört, während wir das Abendessen vorbereiten. Berta jammert, dass ihr die Majonäse nicht gelingt und dass jemand ins Fischgeschäft gehen und den Hummer abholen muss. Ich will ihr ja gleich helfen, aber vorher muss ich mit meinem Füllfederhalter zu dir sprechen, muss ich etwas auf deine Seiten schreiben. Um ehrlich zu sein, ich hätte nie gedacht, dass ich einmal ein Tagebuch führen könnte. Das kam mir immer kindisch vor. Dabei haben berühmte Schriftsteller, Musiker und Maler auch Tagebuch geführt. Heute möchte ich nicht über die Liebe sprechen. Ich möchte über die Musik sprechen, über Jacqueline du Pré, über das Cello, über das Konzert, das ich gerne für die Menschen spielen würde, die ich liebe, und vor allem für die anderen, die ich nicht einmal kenne. Jacqueline du Pré mochte am liebsten das Konzert von Schumann, das, was Zola »die Wollust der Verzweiflung« genannt hat. Aber ich, die ich nicht einmal bis an ihre Schuhsohle heranreiche, würde im Moment versuchen, das von Boccherini zu spielen, das ist verspielter, leichter, wenn man so will, oder vielleicht optimistischer. Denn zur Zeit brauche ich gute Laune, damit mein Vater ein bisschen glücklich ist. Damit die Einsamkeit keinen von uns verrät, wenn wir miteinander anstoßen. Auch wenn es vielleicht das Beste wäre, Berta ein bisschen zu necken und . . .

»Berta, hat Brad Pitt dir geschrieben?«

»Wer ist das denn? Mir fällt niemand ein, der so heißt«, antwortete deine Schwester und wischte sich die Hände an ihrer Schürze ab.

Es wunderte dich, dass deine Schwester Brad Pitt so schnell aus ihrem Herzen verbannt hatte.

»Habt ihr Schluss gemacht?«

»Phh! Vorbei ist vorbei . . .«

»Ach, einfach so? Wo er dir doch so sehr gefallen hat?«

»Er gefällt mir immer noch«, sagte Berta verträumt. »Ehrlich gesagt, sieht er super aus und küsst so gut. Aber ich werde doch nicht mein Leben lang jemandem nachtrauern.«

Jemandem nachtrauern, sagte deine Schwester achselzuckend. Für sie war dieser Junge nicht mehr als eine Sommerliebe gewesen, eine angenehme Erinnerung, ein kleines Abenteuer. Du hast sie eine Weile beobachtet und daran gedacht, wie verschieden ihr wart; aber im Grunde hast du eingesehen, dass – obwohl sie die Jüngste in der Familie war – ihr Verhalten das reifere war. Ein Verhalten, um das du sie in diesem Augenblick beneidet hast, denn wenn du wie Berta hättest empfinden können, hättest du Andrés, den Unsichtbaren, jetzt nicht vermisst.

»Ich habe einen sehr netten Typ kennen gelernt; er trägt einen Spitzbart und steht auf Magie«, sagte Berta, ohne ihre Töpfe aus den Augen zu lassen. »Ihn begeistern Taschenspielertricks, und mich begeistert es, wenn er welche macht. Er heißt . . .«

Du mochtest nicht einmal seinen Namen hören. Deine Schwester begeisterte sich für jemanden, der mit seinen Händen Taschenspielertricks machte; dich begeisterte jemand wegen seiner Hände.

Du hast dich wieder in dein Zimmer zurückgezogen und versonnen das Cello angeschaut. Das Cello ist ein einsames Instrument, dachtest du mit den Worten der du Pré. Man hat diese wunderbare Melodie, aber irgendetwas fehlt . . . Man braucht die Ergänzung und Orientierung durch andere Instrumente.

Und dir, Ada, was hat dir gefehlt? Was war mit deiner Orientierung?

Wie weit warst du davon entfernt zu begreifen, dass dies bloß die ersten einer langen Reihe von Fragen waren, die dieses Weihnachtsessen in gewisser Weise in ein Abschiedsmahl verwandeln würden!

Warum ich? Warum, wo ich doch noch so jung bin? Warum?

Punkt halb zehn, wie ihr gesagt hattet, erschien euer Vater zu Hause.

In der Hand hielt er eine Ananas, die in ein knallorangenes Zellophanpapier eingewickelt und mit einem weißen Band zugebunden war.

»An einem Tag wie heute, meine Mädchen, dürfen Weihnachtslieder nicht fehlen.«

Ihr habt euch sehr gefreut über seine Worte, vor allem, weil seit dem Tod eurer Mutter die Weihnachtslieder aus diesem Haus verbannt zu sein schienen. Ihr habt ein Tamburin und eine Hirtentrommel aus der Abstellkammer geholt, und dann ging's los: *»Schau doch nur, wie sie trinken, die Fische im Fluss, schau doch nur, wie sie trinken, denn der Heiland ist geboren . . .«*

Das Christkindfigürchen aus Sèvres-Porzellan schien in seiner Krippe zu lächeln. Die Lampions, die ihr als Schmuck an die Decke gehängt hattet, wirkten fröhlich und leuchteten. Berta hatte sich die Lippen angemalt und sich ein Kleid mit Ausschnitt angezogen, in dem sie wunderschön aussah.

Aber das Telefon klingelte nicht.

»Papa, Papilein, mein Schätzchen . . .«, fing Berta zärtlich an, während sie die Suppe mit Sherry, Schinkenwürfeln und hart gekochtem Ei servierte.

Dein Vater wusste sofort, dass sie ihn um etwas bitten wollte, und im Grunde war er in der besten Laune dazu.

»Wie viel, mein Kleines?«, fragte er mit einem Griff nach seiner Brieftasche, wozu er die Zigarette ablegen musste, die er sich gerade angesteckt hatte.

»Es geht nicht um Geld, mein Schätzchen. Es geht um Silvester, ich bin eingeladen und . . .«

»Das werden wir sehen«, sagte dein Vater und klammerte sich wieder an den qualmenden Glimmstängel.

»Was gibt es denn da zu sehen?«, protestierte Berta. »Ada fährt nach Marokko; du gehst zu deinen Cousins, und was ist mit mir? Soll ich allein bleiben?«

»Darum geht es nicht«, stellte euer Vater klar, »aber ich will wissen, mit wem du hingehst.«

»Mit einem Jungen, der wunderbare Taschenspielertricks macht«, hast du scherzend gesagt.

»Sei still, du dumme Kuh!«, erwiderte Berta und warf ein Brotkügelchen nach dir, während sie sich überschlug vor Erklärungen, sodass es eurem Vater zu viel wurde.

Das hast du ausgenutzt, um ihm heimlich die Zigarette wegzunehmen und sie im Aschenbecher auszudrücken.

»Bis zum Nachtisch wird nicht mehr gequalmt, einverstanden, mein Schätzchen?«

Dein Vater willigte ein in die Abmachung, beim Essen nicht zu rauchen, während Berta ihm weiterhin in den Ohren lag: Ihre Freunde seien wirklich in Ordnung, das Fest würde in einer Villa in La Florida stattfinden, dort würde niemand zu viel trinken und so weiter und so fort ...

Da klingelte das Telefon.

Du bist aufgesprungen.

»Ja bitte?«

»Einen Moment, legen Sie nicht auf«, sagte eine Stimme auf Französisch.

»Hallo Liebling«, hast du dann eine andere, dir vertraute Stimme sagen hören.

Dir war klar, dass dein Vater wie auch deine Schwester

an deinen Lippen hingen, weshalb du dich in die Sofakissen gekuschelt hast, damit deine Worte nur ihn erreichten.

»Du klingst weit weg . . .«

»Das bin ich auch. Ich musste fünf Kilometer zu Fuß gehen, um dich anzurufen.«

»Tut mir Leid . . .«

»Das braucht dir nicht Leid zu tun . . . Nächstes Jahr wird alles anders.«

»Was willst du damit sagen?«

Du konntest nicht einschätzen, ob hinter seinen Worten Zufriedenheit oder Ungewissheit steckte.

»Dass ich die Wahl habe, dass ich mehr das machen kann, was ich will. Wenn ich mit meinen Perissodactyla aus dem Paläozän fertig bin, wird alles einfacher. Jetzt sieh zu, dass du dich amüsierst. Sind Berta und dein Vater bei dir?«

»Na klar.«

»Grüß sie von mir! Und viel Spaß in Marokko!«

»Sehen wir uns am Dreikönigstag?«

»Fast sicher. Wann kommst du zurück?«

Ihr habt weitergesprochen, bis die Verbindung abrupt unterbrochen wurde. Als du den Hörer aufgelegt hast, warst du glücklicher denn je. Er hatte dir gute Nachrichten überbracht. Er hatte dir Dinge gesagt, die nach einem Versprechen klangen. Und das kommende Jahr war schon so nah . . .!

»Wie war's?«, fragte dein Vater mit einem verschwörerischen Lächeln.

»Sehr schön. In Marokko werde ich mich prächtig amüsieren.«

»Hast du dich dort mit Andrés verabredet?«, fragte Berta, als sie deine Freude bemerkte.

»Das ist es nicht. Dort bin ich mit anderen Jungs zusammen.«

»Umso besser!«, sagte deine Schwester und klopfte dir auf die Schulter. »Warum sollen wir an einen einzigen Jungen denken, wo es doch so viele auf der Welt gibt? Weißt du was, Brad Pitt?«, sagte sie mit verträumtem Blick. »Geh doch von mir aus nach Hollywood! Ich will jedenfalls auf das Fest in La Florida!«

»Noch habe ich meine Zustimmung nicht gegeben«, ließ euer Vater halbherzig verlauten.

Berta überschüttete ihn mit Küssen, und du nahmst die Hirtentrommel wieder zur Hand. Sie war wie die Musik: ein Bogen, ein paar Saiten, ein Resonanzkörper und zwei Hände – deine Hände –, die das Holz zum Klingen bringen konnten.

»Sie trinken und trinken und trinken noch mehr . . .«

Es hätte dir gefallen, wenn es an diesem Abend geschneit hätte. Du liebtest Schnee über alles, und dennoch fuhrst du in die Wüste.

In der Nacht hattest du einen Traum:

Er begann an demselben Ort wie der Traum von den Milchtropfen. Nur dass diese Tropfen sich jetzt in Stalagtiten und Stalagmiten verwandelt hatten und das Zimmer in eine fast prähistorische Höhle. Du hast dich mit deinem Cello auf die Mitte der Höhle zubewegt. Du wusstest, dass dich aus der Dunkelheit heraus tausende von Augen anstarrten. Nichts bedeckte deinen Körper, und du hast weder Kälte noch Scham verspürt. Im Grunde ist es für jeden Konzertkünstler, wenn er auf eine Bühne steigt, so, als zeige er sich seinem Publikum nackt. Du hast Platz genommen mit dem Cello zwischen den Knien, mit stolzem Blick, den Zopf auf dem Rücken, aufrecht, bereit zum Spielen.

Du wolltest für dieses unsichtbare Publikum das Konzert von Boccherini spielen, so fröhlich, so voller Begeisterung, so offensichtlich leicht. Aber als deine Hand nach dem Auftakt des nicht vorhandenen Orchesters den Bogen führte, stellte sich heraus, dass das Stück, das du spieltest, von Schumann war. Etwas ganz anderes, tief, intensiv, traurig, fast pathetisch.

Du hast angefangen, mit dir selbst zu kämpfen. Dein Arm gegen deinen Wunsch. Aber es war sinnlos. Schumann und nichts als Schumann, mit seiner Melancholie, mit seiner Musik, die er schrieb, kurz bevor der Wahnsinn ihn der Welt entrückte. Da hast du einen Entschluss gefasst. Wenn dies das Konzert war, das dein Herz dich gegen deinen Willen zu spielen zwang, dann würdest du es eben so gut wie möglich spielen. Je weiter das Konzert voranschritt und sich seinem Ende näherte, desto stärker hast du einen kalten Luftzug auf dieser seltsamen Bühne gespürt.

Du hättest dich gern mit etwas bedeckt, aber womit? Um dich herum waren nur die Dunkelheit und die Blicke, die aus ihr kamen. Du bekamst schon eine Gänsehaut, deine Härchen stellten sich auf, deine Brustwarzen wurden hart, genau wie während einer kalten Dusche; und was am schlimmsten war, deine Hände wurden ganz weiß und klamm und konnten die Töne immer weniger steuern . . .

Schritte hinter deinem Rücken.

Du konntest dich nicht umdrehen, ohne dass es die Musik beeinträchtigte. Die Schritte hörten sich ganz langsam und sanft an, als berührten sie den Boden gar nicht. Und auf einmal lag ein rotes Cape auf deinen Schultern. Ein Cape aus rotem Samt, das deinen Rücken vollkommen bedeckte und dir seine Wärme schenkte.

Du hast dich selbst gesehen, als seist du jemand anders. Ein roter Fleck in einer dunklen Höhle mit weißen Wänden. Eine Mohnblume auf einem verschneiten Feld.

Und als der letzte Akkord aus deinem Cello ertönte, drangen aus allen Winkeln dieses prähistorischen Ortes statt Applaus unzählige Herzschläge. Beschleunigt wie der Klang einer Trommel, leidenschaftlich wie ein innig herbeigesehnter Kuss.

Das Flugzeug der Royal Air Maroc hob mit nur fünf Minuten Verspätung ab, denn so lange musste es auf der Piste warten, bis die vom Kontrollturm den Start freigaben. Aber im Inneren der Maschine schaute niemand auf die Uhr.

Benito setzte sich natürlich neben dich.

»Hast du Angst vor dem Fliegen?«

»Nein, warum?«, fragtest du ihn.

»Weil ich immer das Gefühl habe, es verstößt gegen die Gesetze der Schwerkraft . . . Was dieses Ding hier wohl wiegt?«

»Ach komm schon, mach ein fröhliches Gesicht!«

Aber als das Flugzeug mit Vollgas die Piste entlangraste, um zu starten, konnte Benito nicht anders, als sich verzweifelt an deiner Hand festzuhalten. Seine war ganz nass geschwitzt, aber die Berührung mit deiner schien ihm eine gewisse Sicherheit einzuflößen. Oder war es vielleicht dein Blick?

Denn an diesem Tag, während dieses Fluges, Ada, war dein Blick besonders strahlend. Ist dir das nicht aufgefallen, als du auf die winzige Toilette gegangen bist und dich im Spiegel angeschaut hast?

Zwei Reihen weiter vorn saß Mavi, die sich hin und wieder umdrehte und dir zulächelte. Unter dir lag das Meer, der Ozean; links das afrikanische Festland. Wer konnte behaupten, dort sei ebenfalls Winter? Es war keine einzige Wolke zu sehen. Ihr hattet das kalte, feuchte Europa hinter euch gelassen, den Kontinent, auf dem man das alte Jahr verabschieden würde, indem man bei jedem Glockenschlag eine Traube aß und allen Leuten Glück wünschte.

Du hast die Augen zugemacht und dir die Ankunft in Afrika vorgestellt. Ein Afrika, das du so oft in Filmen gesehen hattest, so anders und beunruhigend. Jeder Reisende brachte einen eigenen Eindruck von diesem geheimnisvollen Kontinent mit. Du hast dich gefragt, wie dein Eindruck sein würde.

»Hallo!«

Die Augen. Die Augen dieses jungen Mannes verursachten dir unweigerlich Schwindel. Er war euch am Flughafen von Marrakesch abholen gekommen, und dort hast du ihn zum ersten Mal gesehen, neben den Dattelpalmen und den roten luftgetrockneten Ziegelsteinen.

»Ich heiße Selim.«

Seine Augen waren schwarz und glänzten wie zwei

eben aus einer Mine gebrochene Stücke Kohle. Seine Lippen waren fleischig, sein Haar gelockt. Er musste in deinem Alter sein und trug einen Umhang aus feinem dunkelbraunem Stoff über den Schultern. Einen Moment lang hast du gedacht, dass er wahrscheinlich nur gekommen war, um euch willkommen zu heißen, als Aufmerksamkeit der marokkanischen Agentur, bei der ihr die Reise organisiert hattet. Und dass euch bei allem, was ihr euch später ansehen würdet, ein anderer Reiseführer begleiten würde.

Im Grunde hast du dir gewünscht, dass es so wäre. Denn Selim erschien dir vom ersten Augenblick an schön, sehr schön und – was noch gefährlicher war – äußerst attraktiv.

»Salam Selim«, scherzte Benito und schüttelte ihm die Hand.

Selim begrüßte einen nach dem anderen alle Teilnehmer der Reise, während du dir zu erklären versucht hast, warum das Schicksal gewollt hatte, dass du ihn kennen lerntest.

»Ich begleite euch während der ganzen Reise«, sagte Selim in perfektem Spanisch, wenn auch mit einem unvermeidlichen arabischen Akzent.

Und weißt du noch, Ada, was du als Erstes zu ihm gesagt hast?

»Das freut mich.«

Du hast ihm ebenfalls die Hand geschüttelt, die nicht verschwitzt war wie die von Benito, sondern sanft, warm und männlich. Du hast zu ihm gesagt, du würdest dich freuen, dass er euch bis in die Wüste begleitete. Aber stimmte das?

An diesem Abend hast du in dein Tagebuch geschrieben:

Das ist das Beste, was mir hat passieren können, damit Andrés mich nicht quält. Der Toscanini würde sagen, das ist, als wolle man versuchen, eine »Sonate« durch ein »Divertimento« zu ersetzen, aber ich weiß, dass Musik immer Musik ist und dass man sie einzig und allein dann empfinden kann, wenn man sie hört oder spielt. Warum schreibe ich solche Dinge, die im Grunde sinnlos sind? Ganz einfach, Ada, ganz einfach: Du vermisst Andrés und möchtest, dass Selims Anwesenheit für dich wie ein Trostpflaster für seine Abwesenheit ist. Wirst du mit ihm herumalbern? Flirten? Ihn verführen? Dich von ihm verführen lassen? So ein Quatsch! Ich möchte nur seine wunderschönen Augen eines schwarzen Panthers anschauen . . .

Seine Augen eines schwarzen Panthers, die dich in gewisser Weise an die von Andrés erinnerten. Gib's ruhig zu . . .

Nachdem ihr euch in dem bescheidenen Hotel Tazi in der Rue Bab-Agnaou ausgeruht hattet, holte Selim euch mit einem klapprigen Kleinbus ab. Unwillkürlich fiel dir Andrés' Motorrad ein. Beide waren alt, beide fast unbrauchbar und beide gleich hinreißend.

»Machen wir die ganze Reise in diesem Ding?«, hast du mit verwunderter Miene gefragt.

Selim lächelte. Besser gesagt, er lächelte dich an. Er brachte irgendwelche Ausreden vor: In Marokko gebe es Transportprobleme, seine Firma habe im Moment kein besseres Fahrzeug, er werde versuchen, ein anderes zu bekommen, bevor ihr Richtung Atlas losfahren würdet ...

Dir war es im Grunde gleich, ob du in dieser Schrottkiste oder in einem Luxusbus mit Klimaanlage fuhrst. Es war zwar heiß, aber nicht glühend heiß. Außerdem war dies eine Reise von Schülern, nicht von Managern wie denen, die im Luxus-Hotel Mamounia abgestiegen waren.

Eine Woche im tiefen arabischen Süden!

»Bleib immer in meiner Nähe!«, sagte Selim, ohne dich dabei aus den Augen zu lassen, als ihr aus dem Bus gestiegen seid.

Hatte er bemerkt, dass er dir durch den Kopf ging? Mehr noch, hast du etwas getan, um es zu verhehlen?

Um diesen Gedanken loszuwerden, hast du an deinen Vater, an deine Schwester, an Gaudi und ihre Tochter Isabel gedacht. Sogar an Madame Jeanson und ihre Weihnachtspostkarte von Renoir.

In diesem Moment wolltest du dich nicht von der Musik, dem Cello oder der Partitur von Johann Sebastian Bach mitreißen lassen, die wohl allein und gelangweilt auf dem Notenständer deines Zimmers in Madrid lag.

»Gehen wir!«, hast du gesagt und die Führung der Gruppe übernommen, als seist du der Reiseleiter, als kenntest du bereits die verschlungenen Pfade der Souks von Marrakesch. Mavi hat dich an der Hand genommen, und ihr beide seid vorangegangen durch diese fremde Stadtlandschaft.

Selim schüttelte lächelnd den Kopf. Sein dunkler Umhang verlieh ihm gewiss etwas Geheimnisvolles, und man sah ihm an, dass er eins war mit dieser Stadt, seiner

Stadt, die er euch zum ersten Mal zeigte, wobei er liebenswürdig, aber auch energisch die Jungen beiseite schob, die herbeikamen auf der Jagd nach ein paar Münzen oder auch nur nach einem Bonbon, nach einer Zigarette ...

Marrakesch zog dich bis in die letzten Winkel seiner Souks. Um zu diesen Labyrinthen zu gelangen, in die die Sonne kaum eindrang zwischen den Dächern der einzelnen Buden, hattest du vorher an den roten Stadtmauern entlanggehen müssen und hattest dich hineingestürzt, warst eingetaucht in den Platz Djemaa el Fna, auf dem alles möglich ist.

Du hast die Wasserverkäufer gesehen; du hast dem Schlagen der Trommler zugehört; du hast einen mohammedanischen Heiligen mit Skorpionen im Gesicht beobachtet; du hast dir ein paar Dirhams stehlen lassen, während du dir einen Stand mit gebrannten Mandeln angeschaut hast, auf denen überall Fliegen saßen; lange hast du dem alten Mann zugehört, der staunenden Kindern Geschichten erzählte; zu deiner Überraschung hast du einen Zahnklempner bei der Arbeit erlebt, der ohne Betäubung und nur mithilfe einer kleinen Zange vorführte, wie einfach es ist, ein Zahnarzt ohne Skrupel zu sein; und du hast über die Boxpantomime gelacht, die ein paar Witzbolde spontan vorführten.

»Hier entlang, Ada«, sagte Selim und zog dich am Arm.

Du hast dich vom Stand für Gewürze zu dem für Babuschen treiben lassen, und von dem für Kaftane zum Platz der Magie, wo man alles bekam vom Liebestrank bis zum Elixier, das die bösen Geister verscheucht:

Fläschchen voller grüner Fliegen, gehäuteter Schlangen, Dromedar- oder Rattenschädel, Beifußpulver gemischt mit Zimt, Mohnextrakt mit Anis ...

Du hast mit Mavi gelacht, mit allen herumgealbert, bis du eine Idee hattest.

Was würde passieren, wenn du plötzlich in diesem Labyrinth verloren gingst? Ob er dich suchen würde?

Die Frage begeisterte dich, als spieltest du in einem romantischen Film mit oder ganz einfach in einem Werbespot für ein Parfüm, das allein durch seinen Duft bewirkt, dass zwei Menschen sich mitten im Souk treffen. Wie aus Versehen hast du Mavis Hand losgelassen, hast so getan, als würde dich der Preis für ein paar Teppiche interessieren, als würdest du die geforderte Summe für eine Lederhandtasche oder ein Räuchergefäß herunterhandeln, und bist allmählich hinter der Gruppe zurückgeblieben.

Du hattest keinerlei Gewissensbisse wegen dieses Entschlusses. Dir war klar, dass es nur ein Spiel war, aber dass man auch Spiele ernsthaft ohne Mogeleien angehen muss. Mit einer gewissen Befriedigung hast du gesehen, wie die Gruppe in der Menschenmenge verschwand, während du gleichzeitig eine Vielzahl von Blicken auf dir gespürt hast und sogar die eine oder andere Hand, die deinen europäischen Körper zu berühren versuchte, deine hellen Haare, deine weiße Haut, den Hintern, der Andrés so sehr gefiel, deine Sommersprossen, den Ansatz deiner Brüste, der durch dein ausgeschnittenes Kleid noch betont wurde.

Dir schoss als wunderschöne Möglichkeit die Idee durch den Kopf, die ganze Woche dort zu verbringen.

Nicht den Atlas zu überqueren, nicht in die Wüste zu fahren. Wozu denn? Sondern die ganze Woche in Marrakesch herumzubummeln mitten unter diesen Leuten, die genau hinschauten.

Um deinen Plan zu verwirklichen, müsstest du dich zuerst verwandeln: deinen Körper mit einer langen Tunika bedecken, deinen Kopf mit einem Tuch oder noch besser mit einem Turban, auch wenn die Frauen keinen Turban trugen, denn das war Männersache. Aber du warst in diesem Moment zu allem entschlossen und hattest Lust, die Normen zu durchbrechen. Deswegen, ob du Mann oder Frau warst – du würdest Tunika und Turban tragen!

In einem mit Textilien voll gestopften Laden hast du einen indigoblauen Turban – du wusstest auch nicht, warum gerade diese Farbe – probiert. Der Verkäufer zeigte dir ausführlich, wie du ihn wickeln solltest. Er stand dir wirklich sehr gut. Nur deine Augen waren noch zu sehen; Augen, die durch den blauen Spalt hindurch magnetisch wirkten.

»Wie viel?«

Aus Spaß am Handeln verlangte der Verkäufer eine Unsumme. Aber das machte dir nichts aus. Du hast nicht einmal versucht zu feilschen, was den Marokkaner überraschte, der ein verblüfftes Gesicht machte. Er erwartete irgendeinen Widerstand von deiner Seite, was so weit ging, dass er, als du ihm die Hand voll Banknoten in die Hand gelegt hast, zögerte, bevor er sie einsteckte.

»Voleur, tu es un voleur; la fille c'est mon amie.«

Der Verkäufer überschlug sich vor Entschuldigungen auf Arabisch, während Selim ihm die Banknoten entriss, um schließlich mit einer einzigen zu bezahlen.

»Ich mag es nicht, wenn sie die Touristen betrügen«, sagte der junge Mann und gab dir die übrigen Dirhams zurück. »Ich hab dir doch gesagt, du sollst in meiner Nähe bleiben.«

Du hast nichts gesagt. Du hast ihn bloß angeschaut, durch den Spalt deines Turbans hindurch. Selim war ergriffen.

»Danke.« Deine Stimme drang wie ein Flüstern unter dem blauen Stoff hervor.

»Gehen wir zu den anderen«, sagte er, bevor er hinzufügte: »Du bist sehr hübsch, wirklich.«

»Noch mal danke.«

»Los, komm, sie warten auf uns«, beharrte er, auch wenn er am liebsten bestimmt ganz andere Worte zu dir gesagt hätte.

Während du durch die engen Gassen gegangen bist, um die Gruppe einzuholen, hast du angefangen, mit einer Fünf-Dirham-Münze zu spielen, die außen versilbert und in der Mitte vergoldet war. War sie etwa kein Beweis dafür, dass alle Menschen im Grunde zwei Menschen waren, dass es unmöglich war, sich eine Münze ohne zwei Seiten vorzustellen? Undenkbar ein Buch ohne ungerade Seiten neben den geraden. Unbrauchbar eine Partitur, wenn sie nicht von jemandem gespielt wurde. Wir alle sind zwei Wesen, auch wenn wir wirken wie ein einziges.

Du hättest gern dein Cello bei dir gehabt (das Cello, von dem Jacqueline du Pré sagte, es sei »etwas mehr als ein Stück Holz; es spricht mit der Stimme der Seele ...«), um auf der Stelle Selim und die anderen Reisegefährten – die dich mit Applaus und Pfiffen begrüßt hatten – mit einem deiner Lieblingsstücke zu begeistern.

Was wäre passiert, wenn du gespielt hättest? Wäre das Leben im Souk zum Stillstand gekommen? Hätten sie dich ignoriert oder hätten sie sich dir vielleicht angeschlossen mit ihren Dolzflöten und Schalmeien?

Am Abend hast du im Palmenhain »ein Feuerwerk aus Schießpulver« gesehen (diese Reiter, die ihre Pferde aus dem Galopp heraus stoppen, indem sie mit ihrem Gewehr in die Luft schießen), während du Lamm-Couscous gegessen hast.

Am Abend hast du Männer und Frauen von verschiedenen Nomadenstämmen tanzen sehen: Berber, Beduinen, aus dem Norden und vor allem aus dem Süden.

Am Abend hat Benito dich unter dem Sternenhimmel dazu eingeladen, mit ihm auf die Reise anzustoßen (»es ist kein Litines-Wasser«, scherzte er, »aber man kann es gelten lassen«), und du hast mit ihm angestoßen, ja, aber ohne Selim aus den Augen zu lassen, der hin- und herlief und sich darum kümmerte, dass alles klappte.

Am Abend hat Mavi dir in der Stille eines Afrika, das du allmählich in dein Herz geschlossen hast, von weitem zugelächelt und ihren Pappbecher gehoben, bevor sie ihn leer trank.

Am Abend, an diesem Abend, bist du schlafen gegangen und hast dabei überlegt, ob du am folgenden Morgen aufstehen und mit allen anderen in die alte Blechkiste steigen oder ob du im Gegenteil dort bleiben solltest, in dieser magischen Stadt, in der noch so viele Dinge darauf warteten, dass du sie kennen lerntest.

Am Abend, nach dem vielen Herumlaufen und so vielen neuen Eindrücken, hast du – kaum hattest du die

Augen geschlossen, um dich vom Schlaf umfangen zu lassen – deine Sandburg gesehen.

Und dir ist eingefallen, wie der Wächter sich in der Geschichte, die dein Vater dir erzählt hatte, tage- und monate- und jahrelang gefragt hatte, was er dort machte. Und auf einmal, in einer Nacht wie dieser, war er zu dem Schluss gekommen, dass genau dies die Antwort auf seine Frage war. Die Antwort lag nicht in der Nacht: Die Antwort war *die Nacht* selbst. Tagsüber bestand keine Gefahr, denn nichts konnte der Burg etwas anhaben, das wusste er genau. Aber nachts war das anders, nicht einmal er konnte sich vorstellen, was jenseits der Mauern aus Sand passieren konnte. Und das geschah genau in dem Moment, als eine Sternschnuppe über den Himmel schoss und ihm oder dir zuzwinkerte. Da ging der Wächter zum Tor der Burg und ohne Angst, sie könnte einstürzen, wie dies normalerweise mit Sandburgen geschieht, wenn wir sie benutzen wollen, als seien sie echt, öffnete er es . . .

Aufstehen, aufstehen!«

Ungeduldig klopfte Benito an alle Türen des Hotels Tazi. An deine Tür klopfte er sanfter, aber trotzdem so lange, bis du Antwort gegeben und versprochen hast, in einigen Minuten bei den anderen unten in der Halle zu sein.

Die Sonne ging gerade hinter den Stadtmauern auf, und der Kleinbus, den Selim steuerte, fuhr durch die noch ruhigen Straßen, ohne die Umtriebigkeit, die Stunden später überall auf ihnen herrschen würde.

Selim hatte, wie um dir einen Gefallen zu tun oder

vielleicht um einen besseren Eindruck zu machen als an dem Tag, als er euch am Flughafen abgeholt hatte, den Kleinbus sauber gemacht und poliert. Aber damit hatte er lediglich erreicht, dass die Beulen und die rostigen Stellen dort, wo der Lack abgeplatzt war, noch mehr auffielen.

Du bist hineingeklettert mit einem Stapel Postkarten in der Hand. Die wolltest du während der Fahrt schreiben, auch wenn Selim dich warnte: »Bestimmt kommst du früher in Madrid an als die Karten. Die Post hier ist nicht besonders schnell.«

»Umso besser, ich habe keine Eile«, hast du zu ihm gesagt, während du nach einem Sitzplatz Ausschau gehalten hast. Benito hatte dir einen Platz neben sich freigehalten. Du hast gezögert. Entweder hinten bei Benito oder vorne neben dem Fahrer.

Du hast beschlossen, nach hinten zu gehen, um von Selim nur die Augen im Rückspiegel zu sehen. Euer Reiseführer machte eine Kopfbewegung, die dir allmählich schon vertraut war, um gleich darauf mit den Achseln zu zucken, als klage er das Schicksal wegen deiner Entscheidung an, dich weit weg von ihm zu setzen.

Benito dagegen freute sich. Er hatte sich einen lächerlichen roten Fes aufgesetzt, dessen Troddel er mit jeder Bewegung seines Kopfes zum Fliegen brachte, und trug eine Tasche aus punziertem Leder umgehängt, die nach frisch gehäuteter Ziege roch.

Es war kaum zu glauben, du konntest es kaum glauben, dass du das alte Jahr gleich mit einer Fahrt über ein Gebirge ausklingen lassen würdest, um danach, schon im neuen Jahr, die Wüste zu erleben. Während der

Fahrt habt ihr gesungen wie Kinder auf einem Schulausflug. Es machte euch nichts aus, wenn die Intonation trotz eurer Kenntnisse in Gesang unsauber war, im Gegenteil, das war noch viel lustiger! Andrés hatte dich gebeten, dich zu amüsieren, und das wolltest du tun, genau das.

Die Gipfel des Atlas-Gebirges waren verschneit. Schnee auf dem Weg in die Wüste. Und die Hitze des Tals schien sich diskret zurückgezogen zu haben, um sich in einen kalten Wind zu verwandeln.

Dir lief ein Schauer über den Rücken, als die anderen ausstiegen, um sich an einem Stand im Freien Mineralien zu kaufen. Ein Schauer.

Du hattest keine Lust zum Aussteigen. Selim wollte sich mit dir unterhalten, während die anderen feilschten.

»Alles in Ordnung?«

»Alles, alles«, hast du nicht besonders überzeugt geantwortet, denn dir war immer noch kalt.

»Es wird wieder heiß, sobald wir bergab fahren. Magst du Hitze?«

Du hast gesagt, dass du sie über alles liebtest, dass du im Grunde aus Spanien gekommen warst auf der Suche nach dieser Hitze. Wozu solltest du ihm sagen, dass du Schnee ebenfalls mochtest?

Du hast die Lider gesenkt, um nicht länger in diese aufregenden Augen zu schauen.

»Bist du müde?«

»Ein bisschen.«

»Also hier in Marokko musst du deine Augen weit aufmachen, damit du alles siehst.«

Hatte er denn nicht bemerkt, dass du genau das vermeiden wolltest? Du wolltest nicht alles und jedes sehen, sondern nur die Landschaft.

Du hast versucht, das Thema zu wechseln.

»Wo schlafen wir heute Nacht?«

»In Ouarzazate.«

»In der Wüste?«

»O nein! Ouarzazate ist nicht die Wüste . . . noch nicht. Da kommt erst noch das Vallée des Roses, das Dadès-Tal mit seinen Felsschluchten; dann Erfoud, Rissani . . . und die Dünen.«

»Und können wir nicht direkt hinfahren?«

Du hast eine Ungeduld in dir gespürt, die so plötzlich da war wie dein Schauder. Du hast gespürt, dass die Wüste auf dich wartete, und zwar dringend, dass sie dich nicht viel länger entbehren konnte.

»Direkt?«

Selim lachte lauthals.

»Wir fahren schon direkt, aber es sind noch viele Kilometer.«

Du hast eine Geste der Enttäuschung gemacht. Da fiel Selim eine andere Möglichkeit ein:

»Vielleicht können wir statt in Ouarzazate in Kelaa des Mgouna übernachten; dann sind wir schon näher und können vielleicht morgen . . .«

»Bitte lass uns an diesen Ort fahren, den du gerade genannt hast!«, hast du ihn mit der Miene eines verwöhnten Mädchens angefleht und dabei mit deinem Zopf gespielt.

Da zersprang dir dein Haargummi zwischen den Fingern, und deine rötliche Mähne ergoss sich über deinen

Rücken. Du fühltest eine plötzliche Scham, so, als stündest du nackt vor Selim.

Das Schlimmste war, dass es ihm anscheinend genauso erging, denn er löste seinen schwarzen, glänzenden Blick nicht von deinem Haar, von deinen Schultern, von deinem Körper . . .

Blitzschnell hast du deine Mähne wieder zu einem gebändigten Zopf geflochten. Zum Glück kamen die anderen schon zum Bus zurück, stolz beladen mit Steinbrocken.

»Was haltet ihr davon, wenn wir heute in der Nähe des Dadès-Flusses übernachten?«, fragte Selim, sobald alle eingestiegen waren.

Und so wurde entschieden, dass ihr diese letzte Nacht des Jahres anstatt in einem Vier-Sterne-Hotel in einer *jaima* im Vallée des Roses verbringen würdet. Nun ja, einige in einer *jaima*, andere im Bus, manche sogar unter freiem Himmel, in Schlafsäcken. Ihr wolltet ja die Wüste so erleben wie Nomaden, in diesen Behausungen aus Stoff und Ziegenfell, und niemand hatte etwas dagegen, diese Erfahrung vorzuverlegen.

Kelaa des Mgouna war eine befestigte, wohlriechende alte Stadt. Die Rosen, die gesamte Flora, die Düfte durchdrangen alles. Einige herrenlose Hunde bellten, ohne dass jemand Notiz von ihnen nahm.

Einen Augenblick lang musstest du an vier Rosen und ein Kärtchen denken, aber du hast diese Erinnerung sofort verscheucht, denn das Leben, dein Leben, bestand aus dem, was du in diesem Moment erlebtest. Die Vergangenheit und vor allem die Zukunft waren nicht dort, gehörten dort nicht hin. Wenn du in der Zukunft du selbst sein wolltest, musstest du in der Gegenwart stark sein.

Die letzte Nacht des Jahres unter dem Sternenhimmel verwandelte sich für euch alle in etwas so Besonderes wie Unvergessliches. Mit der Bedachtsamkeit, die den Arabern eigen ist, bereitete Selim euch einen köstlichen Pfefferminztee. Als er ihn in die Gläser goss, war nur das Geräusch der Flüssigkeit beim Aufprall zu hören. Es war, als hieltet ihr alle den Atem an bei dem, was in Selims Händen praktisch ein Ritual war.

Aber die Nacht schritt fort. Ihr wusstet nicht recht, wann genau sich der Übergang von einem Jahr zum nächsten vollziehen würde, und alles nur wegen der Zeitumstellung. War die richtige Uhrzeit die spanische oder die marokkanische? Welches war die Sonnenzeit? Aber wie konnte man die Sonnenzeit wissen, wenn es dunkel war?

Die Lösung kam wie fast immer aus Benitos Mund:

»Wenn ich auf diesen Topf klopfe, ist es Mitternacht.«

Einige wollten es feiern, indem sie Oliven aßen, die sie nicht einmal entkernt hatten; andere, die Vorsichtigsten, hatten sich ihre Trauben aus Madrid mitgebracht, die beim Auspacken aber schon eher wie Rosinen aussahen.

Du, Ada, hast beschlossen, Sterne zu zählen.

Bei jedem »Glockenschlag« von Benito würdest du einen Stern anschauen, um dann schnell zum nächsten überzugehen und so weiter, einem Weg folgend, der ab diesem Zeitpunkt deine geheime Landkarte bilden würde.

»Frohes neues Jahr, Ada!«, sagte der junge Marokkaner, bevor er dich auf die Wange küsste.

»Frohes neues Jahr, Selim!«

»Morgen fahren wir zu den Schluchten am Fluss, und am Nachmittag nähern wir uns dem Tor zur Wüste. Was sagst du dazu?«

»Ehrlich gesagt finde ich es toll hier«, hast du gesagt und an den Teppich gedacht, den du in der *jaima* als Matratze benutzen würdest.

»Ich finde es auch toll, dass du hier bist . . .«, sagte Selim mit offensichtlicher Doppeldeutigkeit.

Du hast gespürt, dass du rot geworden bist, und dem Himmel gedankt, dass die Dunkelheit Selim daran hinderte, deine Aufregung zu bemerken.

»Ich glaube nicht . . . ich glaube nicht, dass ich diese Reise je vergesse«, hast du gestammelt.

»Ich werde dich auch nicht vergessen«, sagte er und legte seine Hand um deine Taille.

Innerhalb von Zehntelsekunden schossen dir unzählige Möglichkeiten durch den Kopf:

Aufstehen und fortlaufen.

Ihn wegstoßen.

Die Unterhaltung mit einem Scherz in eine andere Richtung lenken.

Gleichgültigkeit vortäuschen.

Ihn machen lassen . . .

Als du seine Berührung gespürt hast, fröstelte es dich wieder. Das bemerkte auch Selim.

Er stand auf und bedeckte dich mit seinem Umhang.

Noch schlimmer, noch viel schlimmer!, schrie es in dir auf. So ist es, als gäbe er mir seine Wärme, seinen Schutz, eine innige Umarmung. Was werde ich morgen in mein Tagebuch schreiben? Was wird geschehen, wenn ich das nach meiner Rückkehr lese?

Was würde geschehen, Ada? Du hast nicht gewusst, was geschehen würde. Glücklicherweise hattest du keine Ahnung von dem, was das Schicksal für dich bereithielt. Aber trotzdem war dir in diesem Augenblick nach Weinen zu Mute.

Du hast eine von Selims Händen genommen, sie sanft geküsst und konntest nur murmeln:

»Bitte nicht ...«

Da kam Benito dazu, ohne zu wissen, was sich da abspielte, und gleichzeitig hast du dich über seine Anwesenheit gefreut. Selim hingegen war so verärgert, dass er sich seinen braunen Umhang schnappte und in der Dunkelheit verschwand.

»Neues Jahr, neues Leben«, rief Benito, während er sich ebenfalls eilends von der Gruppe entfernte und sich dabei die Hosen herunterzog. Es war das erste Anzeichen dessen, was ohne Zweifel mit einem typischen Durchfall enden würde.

Neues Jahr, neues Leben, ja ... hast du dir im Geiste gesagt, während du dir wieder die Sterne angeschaut und versucht hast, deinen Weg wieder zu finden.

Sosehr du es auch versucht hast, es gelang dir nicht. Mit einem Mal erschienen dir alle Pfade des Himmels gleich. Und während du die Augen fest zugedrückt hast, hast du einen gewissen Kummer verspürt, weil du nicht in der Lage warst, dein Geheimnis zu wiederholen. Denn so war es nicht einmal mehr für dich ein Geheimnis.

Wie in einem Spiegel

»Ich kann nicht leben in diesem neuen Leben.«
»Doch, das kannst du. Du brauchst nur etwas, auf das du vertrauen kannst.«
»Und was kann das sein? Ein Gott?
Vielleicht eine unsichtbare Macht, die an einem undurchdringlichen Ort versteckt ist?
Nein, das ist nicht möglich. In meiner Welt
ist kein Platz für einen Gott.«

Suite Nr. 2 für Violoncello von Johann Sebastian Bach

Du bist aus dem Schlaf aufgeschreckt. Die Bilder, die Worte und die Musik aus dem Film von Bergman hatten deinen Traum allmählich in einen Alptraum verwandelt. Deshalb war es das Beste, ihn so schnell wie möglich zu verlassen. Aufzuwachen.

Alle um dich herum schliefen. Deine Mitschüler, der Reiseführer, die Hunde der ummauerten Stadt; sogar die Rosen hatten sich in den Schoß ihrer Blütenkelche zurückgezogen. Einzig und allein Benito kehrte mitten in der Nacht von draußen zurück, kam mit verzerrtem Gesicht und den Händen auf dem Bauch hinter einem Gestrüpp hervor; zweifellos war ihm etwas schlecht bekommen und machte ihm zu schaffen. Aber er sah dich nicht, als du den Kopf zum Zelt hinausgestreckt hast.

Beim Anblick der afrikanischen Nacht bekamst du Lust, aufzustehen, die *jaima* zu verlassen, spazieren zu gehen auf der Suche nach deinem Sternenweg. Aber gleichzeitig hast du dich schrecklich müde gefühlt, als sei dein ganzer Körper zu Blei geworden.

Am nächsten Tag, sobald du dich ein wenig zurückziehen könntest, würdest du viel in dein Tagebuch schreiben müssen. Nicht nur Unternehmungen, Abenteuer, Reiseerlebnisse, sondern vor allem deine Empfindungen.

Deshalb hast du dich für die Bequemlichkeit entschieden, die du in diesem Augenblick gebraucht hast, und beschlossen, all dies auf den nächsten Tag zu verschieben.

Warum an dem Tag? Warum ausgerechnet an dem Tag? Warum ausgerechnet du? Warum, Ada? Warum?

Am Morgen war keine einzige Wolke zu sehen, was bedeutete, dass der Himmel blau sein würde bis zum Einbruch der Nacht. Du hast dich ebenfalls mit Blau bedeckt, mit dem Turban, der offen getragen wie ein kostbarer Schal auf deinen Schultern lag.

»Wollt ihr den Dadès von oben oder von unten sehen?«, fragte Selim, wobei er die ganze Gruppe anschaute, niemand Bestimmten.

»Von oben«, sagten die einen.

»Von unten«, baten andere.

»Von dort, wo es Toilettenpapier gibt«, rief Benito und löste damit allgemeines Gelächter aus.

»Die Schluchten sind beeindruckend von jedem Punkt aus, von dem man sie anschaut. Wenn ihr einverstanden seid, fahren wir zuerst nach oben, ihr macht ein paar Fotos, und dann fahren wir hinunter.«

Selims Vorschlag wurde einstimmig angenommen.

Und so begann sich dein Schicksal abzuzeichnen, Ada.

Ohne dass du oder jemand anders dies hätte vermuten können.

Der alte Bus hatte Mühe, die Steigung zu bewältigen. Einmal musstet ihr sogar aussteigen, und zwei von euch schoben, während andere ein paar Zweige unter die Reifen legten, die sich wie verrückt im Sand und in den Steinchen des Weges drehten, ohne voranzukommen.

Doch die Fahrt nach oben lohnte sich wirklich. Die Aussicht war beeindruckend: die ummauerte Stadt, das Vallée des Roses, der Fluss und die steilen Felswände ... Alles in gelbes Sonnenlicht getaucht.

Du warst die Letzte im Bus. Du wolltest dir den Turban anlegen, so wie der Verkäufer es dir im Souk von Marrakesch gezeigt hatte. Zu deiner Rechten war die große Schlucht zu sehen; vor dir der Rückspiegel, mit dessen Hilfe du versucht hast, dir den indigoblauen Stoff um den Kopf zu wickeln. Die Räder des Fahrzeugs kamen sanft ins Rollen, ohne das leiseste Geräusch, als wollten sie ihr fatales Vorhaben noch nicht verraten.

Du hast bemerkt, dass die Landschaft sich bewegte, als du Selim hinter der schmutzigen Windschutzscheibe auf dich zukommen sahst.

Selim, hast du dir gesagt, war sehr schön mit diesem Umhang, den der Morgenwind leicht kräuselte.

Der Bus gab ein warnendes Knirschen von sich, aber er tat es zu spät. Die Handbremse, alt und klapprig wie der Rest des Fahrzeugs, löste sich plötzlich.

Du konntest nicht glauben, dass das wirklich dir passierte. Es war wie eine Szene in einem schlechten Film. Ohne Musik.

Selim reagierte sofort: Er hängte sich an die Stoßstange, während er laut nach den anderen rief. Aber das Gewicht des Busses mit dir darin war zu viel für ihn allein. Die Räder konnten an diesem Abhang nicht stillstehen, und das Fahrzeug rollte bis an den Rand des Abgrunds.

Ich muss springen, hast du dir gesagt, ich muss springen. Aber du hast es nicht getan. Du warst wie versteinert. Wie die Versteinerungen, die Andrés überall aufspürte.

An diesem ersten Tag des Jahres, in den Ferien, voller Vorfreude auf deine Rückkehr, die weit mehr versprach als Andrés' Worte am Telefon, bist du, Ada, innerhalb weniger Sekunden mit einer Lawine von Steinen in die Dadès-Schlucht gestürzt. Du bist hinabgestürzt, gegen die Felsvorsprünge geprallt, ohne Zeit, um darüber nachzudenken, was da vor sich ging, sogar in dem Glauben, dass es nicht stimmte, dass dies wirklich geschah.

Staub, Knirschen, ein letzter Aufprall . . . Dann Stille.

Oben stand Selim mit der Stoßstange in der Hand, neben ihm Benito, Mavi und die anderen, und sie wussten nicht, was sie tun sollten, verzweifelt angesichts des Unglücks.

Unten, ganz in der Nähe des Flusses, der murmelnd und gleichmütig nach Jahrhunderten der Existenz seinem Lauf folgte, das zerstörte Fahrzeug mit geborstenen Türen.

Und du wenige Meter davon entfernt, von der Wucht des Aufschlags oder vielleicht von der Trägheit des Falls herausgeschleudert, vielleicht weil du im letzten Moment hinausgewollt hattest aus diesem Sarg, der ins Leere stürzte. Du, umgeben von ungeschriebenen Postkarten, mit zerschmettertem Körper und einem blauen Turban, der wie durch ein Wunder immer noch deinen Kopf bedeckte, der unglücklicherweise jedoch nicht verhindern konnte, dass du stark geblutet hast, aus dem Mund, aus der Nase, aus allen Wunden, die deinen jungen Körper zerstört hatten.

Deine Herzschläge waren sehr schwach. Auch wenn du wieder zu dir gekommen wärst, hättest du nichts von dem verstanden, was diese Stimmen in einer fremden Sprache sagten.

»Sie hat viel Blut verloren.«
»Was können wir tun?«
»Eine Transfusion, so schnell wie möglich.«
»Schnell, schnell! Bewegt sie vorsichtig. Wir haben keine Zeit zu verlieren. Ihr Herz kann jeden Moment stehen bleiben.«
»Kennt jemand ihre Blutgruppe?«
»Ich weiß nur, dass sie Ada heißt.«
»Ada?«

Von der Decke hing eine Lampe mit einem runden Metallschirm, auf dem Fliegen deutlich ihre Spuren hinterlassen hatten.

Die Hände des Arztes zitterten. Man hatte ihn von einer Familienfeier weggeholt, und er wusste noch nicht genau, was da auf ihn zukam. Die junge Frau, die auf seiner Liege lag, war gekleidet wie eine Europäerin, aber sie trug einen Turban. Er war bestürzt, vor allem weil er fürchtete, du könntest nicht davonkommen, du könntest in seinem behelfsmäßigen Operationssaal bleiben ...

Gesetzt den Fall, müsste er dann operieren? Deshalb zielten alle seine Gebete an Allah darauf ab, dass das Blut, das aus dem frisch aus dem Kühlschrank geholten Behälter in deinen Arm tröpfelte, dich am Leben erhalten möge.

»Bitte! Señorita, tun Sie mir das nicht an, sterben Sie mir nicht! Atmen Sie, atmen Sie ganz ruhig. Hören Sie mich? Sagen Sie Ihrem Herzen, dass es weiterschlagen muss, dass es nicht stehen bleiben darf. Sagen Sie es ihm, beim Propheten! Sterben Sie mir nicht ...!«

Auf einmal hast du die Augen aufgeschlagen, wie getrieben von einem inneren Befehl. Nur für einen Augenblick, denn gleich darauf hast du sie wieder zugemacht. Vielleicht hast du nicht gesehen, wo du warst oder bei wem, und schon gar nicht, in welcher Situation. Aber du hast die Augen aufgeschlagen, und dein Blick ist für immer an den Wänden dieses kleinen Krankenhauses hängen geblieben.

Draußen ging Benito nervös auf und ab.

Mavi, die Erste, die hinuntergeklettert war, um dir zu Hilfe zu eilen, die dich von Mund zu Mund beatmet hatte in der Hoffnung, dass du schnell wieder zu dir kämst, weinte still vor sich hin, untröstlich.

Selim schluckte seine Wut hinunter und starrte auf seine Hände, die verschrammt waren vom Metall der Stoßstange, blutverkrustet und voller Erde.

Benito hätte dich gern ein bisschen geneckt, um dich

zum Lachen zu bringen, er hätte dir gern gesagt, dass er keinen Durchfall mehr hatte, oder womöglich, dass es im Gegenteil noch viel schlimmer geworden war.

Selim dachte, dass er, wenn er bei dir gewesen wäre, dir seinen Umhang über den Körper geworfen hätte, damit du nicht die Kälte des Lebens spürtest, das vielleicht gerade aus dir wich.

Mavi stand reglos, den Blick starr auf die Wand gerichtet, und spürte noch die Berührung deiner Hand in den Gassen der Souks.

Und deine Frage stellt sich auch mir seit damals immer wieder. Dieselbe Frage, die sie alle sich in diesem Moment zweifellos gestellt haben; eine alltägliche, trostlose Frage:

Warum damals? Warum du? Warum ausgerechnet du? Verflixt noch mal! Warum?

Und ich möchte meinen, Ada, dass du dich damals hinter deinen geschlossenen Augen, ohne deinen Blick nach draußen, in der Dunkelheit deiner einsamen Nacht, auf die Suche nach dem wirklichen Weg der Sterne gemacht hast.

VIERTER SATZ:
SEHR FEIERLICH, ABER SCHLICHT

»Was entstanden ist,
das muss vergehen!
Was vergangen, auferstehen!
Hör auf zu beben!
Bereite dich zu leben!«

Dem Arzt in diesem hintersten Winkel der Welt ist es gelungen, dich ins Leben zurückzuholen, und mit deiner Genesung ging es so schnell, dass diejenigen, die eine lange Rekonvaleszenz prophezeit hatten, außerordentlich überrascht waren.

Die junge Frau ist stark, sehr stark. Und man merkt ihr an, dass sie sehr am Leben hängt . . .! Ohne Zweifel hat sie einen Grund zu leben.

In Wirklichkeit hast du dir bei dem Unfall wie durch ein Wunder nur ein paar Knochen deines linken Armes und deiner Rippen gebrochen, während das Blut im Gesicht fast nur von einer geplatzten Augenbraue herrührte. Seit diesem Tag, Ada, siehst du, wenn du dich im Spiegel anschaust, deine zweigeteilte Augenbraue mit einer kleinen Narbe, die sich ein Stückchen zum inneren Augenwinkel hinzieht.

Als du dich mit Gips gesehen hast, war deine erste Frage, ob du daran gehindert sein würdest, je wieder Cello zu spielen.

»Seien Sie unbesorgt«, sagte der Arzt und fühlte dir milde lächelnd den Puls, »in ein paar Wochen wird es Ihnen ausgezeichnet gehen.«

Aber dies sagte er dir halbherzig, denn er wusste, dass die körperlichen Folgeerscheinungen eine Sache waren und eine andere, den Schock des Unfalls zu überwinden.

Doch dank deiner seelischen Stärke, die du in den schwierigsten Momenten immer entwickelt hast, und deiner unbändigen Lust, wieder an der Welt teilzuhaben, bist du bereits wenige Wochen später wieder durch Madrid spaziert.

Stark, sehr stark . . . Einen Grund zu leben . . .

Zweifellos haben dich Benito, Mavi und die anderen Schüler des Konservatoriums bei dieser Genesung unterstützt, indem sie sich nett um dich gekümmert haben. Selim half dir mit seinen zärtlichen Briefen (einer war mit Rosenwasser parfümiert; in einen anderen hatte er eine Hand voll Sand aus der Wüste geschüttet . . . aus dieser Wüste, die du nicht zu Gesicht bekamst und die zu einer Verabredung geworden war, zu der du dich eines Tages einfinden würdest).

Dir halfen Berta und dein Vater (»Werd gesund, dann rauche ich nie wieder, ich schwör's dir«), die Anrufe von Gaudi und Isabel (»Wir hoffen, dass du bald mit dem Unterricht weitermachen kannst«).

Aber vor allem half dir der Gedanke, dass Andrés bald bei dir sein würde.

Deine Schwester suchte ihn überall, bis sie ihn fand.

Ohne lange zu überlegen nahm Andrés sich frei und ließ alles stehen und liegen, um bei dir zu sein.

»Was ist mit deinen Viechern?«, hast du ihn gefragt, während er deine Hand in seine nahm.

»Die sollen warten . . .«

»Dann sollen sie eben warten!«

»Wie bist du bloß auf die Idee gekommen, dich in diesen Abgrund zu stürzen? Wolltest du fliegen oder was?«, sagte er scherzend.

»Ich wollte dich so schnell wie möglich wieder sehen. Und wie du siehst, hab ich's geschafft.«

Während der Tage, an denen man dich zur Beobachtung dabehielt, nach der Überführung nach Madrid in einem speziellen Flugzeug, das die Versicherungsgesellschaft bezahlte, hattest du nicht dieses Gefühl von weißen Kitteln und Geruch nach Medikamenten, das die Kranken normalerweise bedrückt. Du hast es als Pause in deinem Leben genommen, als Rast, die du, ohne dies bis dahin gemerkt zu haben, allmählich gebraucht hast.

»Doktor, wann kann ich nach Hause?«, lautete die stereotype Frage, die du ihm jedes Mal gestellt hast, wenn er dein Zimmer betrat.

»Bald«, sagte er achselzuckend, wie resigniert und sich zugleich bewusst, dass es in deinem Fall stimmte, dass du sehr bald in der Lage sein würdest, das Krankenhaus zu verlassen.

Dein Zuhause. Der Flur, die Küche, die Einzelheiten deines Zimmers, dein Cello, das auf deine Ankunft wartete – das löste ein eher beunruhigendes Gefühl in dir aus. Warum?

Heute, nach dem, was mir vorkommt wie eine Ewigkeit, bin ich nach Hause zurückgekehrt. Ich habe mich sehr darauf gefreut, aber dann war ich überrascht. Es war gewissermaßen so, als ob ich einige Dinge zum ersten Mal gesehen hätte. Oder, was noch seltsamer ist, als ob man im Traum an einem Ort ist, den man ganz sicher kennt, aber ohne genau zu wissen, welcher es ist.
Genauso geht es mir mit diesem Tagebuch. Ich habe Lust, Dinge hineinzuschreiben – mir ist so viel passiert, seit ich die letzte Seite geschrieben habe! –, aber zugleich fühle ich mich kraftlos. Ich würde sogar sagen, dass ich das Interesse verloren habe, denn ich will dieses Heft nicht zu einer Gedächtnisstütze für Ereignisse oder Anekdoten machen. Dieses Tagebuch ist entstanden, damit ich meinen Gefühlen Ausdruck verleihen kann,

und jetzt sind all diese Gefühle auf Andrés gerichtet. Wozu soll ich also aufschreiben, was ich ganz einfach leben kann?

Mit der Zeit hast du dich für Andrés' Arbeit interessiert und er sich für deine. Die Musik und die Paläontologie hatten im Prinzip sehr wenig gemeinsam, auch wenn es zwischen beiden genau genommen doch eine ganz offensichtliche Verbindung gab: Auf den Versteinerungen von früher basierte die Entwicklung der Arten, die Entwicklung vom Cromagnonmenschen zu Mozart, Prokofjew oder Mahler ...

Eines Nachmittags bei einem Spaziergang in der Nähe des Palacio de Cristal im Retiro-Park, zwischen den Amseln und den verspielten Eichhörnchen, die die Kälte des Winters nicht zu spüren schienen, hast du Andrés sanft gegen einen Baum gedrückt und dich an ihn gepresst.

»Was tust du da?«, fragte Andrés überrascht von dieser Geste, fast beschämt, peinlich berührt, weil gerade ein älteres Ehepaar vorbeiging.

»Dich lieben – findest du das schlecht?«

»Ich finde es gut, aber ...«

Dieses »aber« gefiel dir nicht. Das war, als werfe man einen Tropfen kaltes Wasser in eine Pfanne mit heißem Fett: Er würde dessen Temperatur ganz gewiss nicht senken, aber er bewirkte, dass es ein paar Momente lang spritzte.

»Was aber?«

»Du bist noch nicht ganz gesund. Es ist nicht der richtige Moment, Ada, und auch nicht der Ort.«

»Der Moment für was? Der Ort für was?«

Und bevor er noch mehr Blödsinn von sich gab, Blödsinn, den du nicht hören mochtest, hast du ihm den Mund mit Küssen verschlossen. Fast verzweifelten Küssen, als ob du gespürt hättest, dass dir da etwas allmählich entglitt.

»Du kommst mir ein bisschen verändert vor«, sagte Andrés später, während ihr eng umschlungen zu seinem Motorrad gegangen seid, das in einer angrenzenden Straße abgestellt war.

»Natürlich, siehst du es denn nicht? Meine Augenbraue ist durchtrennt.« Du hättest ihm auch sagen können, dass dein linker Arm bei schnellen Bewegungen immer noch ein bisschen weh tat.

»Ich finde deine durchtrennte Augenbraue toll. Sie ist, wie soll ich sagen . . .?«

Andrés schaute dich lange an, während er gleichzeitig seine Finger über deine beiden Augenbrauen gleiten ließ, die jetzt so verschieden waren.

». . . Sie ist . . . sehr sexy.«

Du hast lauthals gelacht.

»Genau das sagt Mavi auch: Dass ich attraktiver aussehe mit dieser Narbe.«

»Mavi? Mit welchem Recht denn!«, protestierte Andrés im Spaß.

»Bist du etwa der Einzige, der mir Komplimente machen darf? Außerdem, weißt du, was sexy ist? Sieh mal . . .!«

Du hast ein paar Schritte vor ihm gemacht und dich in den Hüften gewiegt. Sofort hast du seinen Blick auf deinem Rücken gespürt und wie er langsam von deinen Schultern zu deinem Po hinuntergewandert ist.

»Du hast Recht, dein Hintern ist viel aufregender als deine Augenbraue.«

Andrés streckte seine Hand aus, um ihn zu berühren, aber du hast das Spiel weitergespielt und bist losgerannt wie ein zehnjähriges Mädchen.

Am Motorrad angekommen, hat Andrés dich leidenschaftlich geküsst, wie er es seit deiner unglückseligen Rückkehr nicht mehr getan hatte.

Du sahst ihn verwundert an.

»Du bist wie Attila. Du lässt keinen Stein auf dem anderen . . .«

»Und du – du bist wie Undine, die Göttin des Wassers, feucht, tief, einladend . . .«

»Ich bin all das?«, hast du kokettiert und dabei mit deinem Zopf herumgespielt.

»Das und noch viel mehr.«

Ihr habt euch noch einmal auf offener Straße geküsst, ohne auf die vorüberfahrenden Autos zu achten.

Nie ist der Winter in Madrid für dich so warm gewesen.

Was ist denn das?«, fragte Andrés, als du ihm die Karte gezeigt hast.

»Eine Einladung.«

»Das sehe ich, aber eine Einladung zum Sichverkleiden?«

»Kommende Woche ist Karneval, und das beste Fest in ganz Madrid ist das im Círculo de Bellas Artes.«

Andrés hatte sich noch nie im Leben verkleidet. Du dich schon oft. Als Kind bei den Festen in der Schule oder zu Hause mit Berta, um euren Eltern eine Überraschung zu bereiten. Einmal habt ihr euch als Dick und

Doof verkleidet; ein andermal als Fred Astaire und Ginger Rogers. Aber die größte Wirkung hattet ihr, als ihr euch angezogen habt wie Esmeralda und Quasimodo, die schöne Zigeunerin und das bucklige Monster von Notre Dame.

»Wer war das Monster?«, fragte Andrés ironisch.

»Rat mal!«

Schließlich habt ihr vereinbart, dass er sich als Attila, der Hunnenkönig, verkleiden würde. Und du natürlich als Undine.

Dein Vater war außer sich vor Freude darüber, dass du nun wieder gesund warst.

»Genau, mein Mädchen, geh aus, amüsier dich!«, rief er und zündete sich eine Zigarette an.

»Du rauchst wieder?«

»Ich bin nun mal so froh«, entschuldigte er sich und machte ein Gesicht wie ein Junge, der bei etwas ertappt worden ist.

Du hast die Sache aufgegeben.

Berta half dir, deine Verkleidung zu nähen, und Isabel lieh dir ein paar Accessoires zu einem Feenkostüm, das sie zu Weihnachten bekommen hatte: die durchsichtigen Flügel und natürlich den Zauberstab.

Andrés hatte sein Kostüm bei einer Agentur geliehen, die für das Kino und das Theater arbeitete. Eigentlich hatte er mit seiner Perücke, seinem mongolischen Schnurrbart und seinen geschminkten Augen nur noch wenig Ähnlichkeit mit dem wunderbaren jungen Mann in Paris. Dennoch war er attraktiv, wie er da so stand mit seinem Metallhelm, seinem Schild und dem Schwert, das er umgegürtet trug. Bei deinem Kostüm hattest du nur

Angst, dir könne kalt werden auf dem Motorrad, bis ihr am Círculo ankamt. Also hast du dir einen Mantel um die Schultern gelegt. Aber Andrés war so aufmerksam und holte dich im Taxi ab.

»Kannst du dir Undine und Attila auf einem Motorrad vorstellen?«

»Kannst du dir vorstellen, jemand könnte glauben, dass deine Kiste ein Motorrad ist?«

In den Círculo de Bellas Artes gelangte man über eine große Freitreppe. Wenn man die Stufen hinaufstieg, konnte man von der Straße aus Edelleute und Jungfrauen, Monster und Prinzessinnen, Figuren aus anderen Ländern, aus anderen Kulturen, aus unsterblichen Büchern sehen: Käpt'n Hook Hand in Hand mit einer Eskimofrau, Robinson Crusoe mit Lady Macbeth . . .

An diesem Abend, Ada, hast du dein Haar offen getragen, und es fiel wie eine rötliche Kaskade über dein weißes Kleid. Wie bei einer Fee.

Es würde das letzte Mal sein. Aber das wusstest du noch nicht. Und doch blieb dir nur noch so wenig . . .!

Warum du? Warum so jung? Warum?

Ihr habt Walzer getanzt, als wärt ihr im Salon von Sissi. Und Merengue, als hätte sich das Ganze plötzlich in die Karibik verwandelt. Ihr habt zu viel getrunken. Vor allem Andrés, den du nie mit einem Glas in der Hand gesehen hattest. An diesem Abend probierte er alles Mögliche, denn es gab alle Getränke gratis, was natürlich verführerisch war.

»Du brichst dir ja die Zunge ab«, sagtest du, als du bemerkt hast, dass er sich nicht mehr klar ausdrücken konnte.

»Ich zunge mir die Breche ab?«, übertrieb er und küsste dich auf den Hals.

»Los, mach dich ein bisschen frisch!«, hast du ihm vorgeschlagen und ihn zur Toilette geschickt.

Du hast den Moment genutzt, um ebenfalls kurz zu verschwinden, aber als du in den Saal zurückgekehrt bist, hast du Andrés nicht gefunden. Nachdem du mehrere Minuten gewartet hattest, hast du jemanden gefragt, der gerade aus der Herrentoilette kam, ob er den Hunnenkönig gesehen habe.

»Nein, da drin sind bloß Rambo und Cupido.«

Du hast zwischen dem Konfetti, den Papierschlangen und den bunten Luftballons gesucht. Ein Clown mit weißem Gesicht machte dir ein Kompliment, und zugleich forderte dich die Freiheitsstatue zu einem Bolero auf. Du hast weiter nach Andrés gesucht. Auf die richtige Spur brachte dich Micky Mouse:

»Ich hab jemanden dorthin gehen sehen.«

Gemeint war der Billardsalon, wo tagsüber die Liebhaber von Queue und Elfenbeinkugeln in offenem Wettstreit ihre Billardpartien austrugen. Jetzt waren die Spieltische mit Handtaschen und Mänteln bedeckt. Und unter den Tischen lagen haufenweise Schuhe von Tänzern, die beschlossen hatten, lieber bequeme Turnschuhe anzuziehen.

»Andrés ... bist du hier?«

Ein Schnaufen brachte dich weiter. In einer Ecke saß er auf dem Boden, an die Wand gelehnt, breitbeinig wie eine Stoffpuppe, die Beine unter den hintersten Billardtisch gestreckt – dein Attila, ganz bleich.

»Geht's dir gut?«

Andrés lachte lauthals, ein einfältiges Lachen wie das, was Berta immer von sich gab, wenn sie am Kiffen war.

»Setz dich neben mich.«

Du hast ihm gehorcht. Du warst müde vom vielen Tanzen, und außerdem wolltest du, dass er seinen Kopf in deinen Schoß legte.

»Hier ist es gemütlich«, sagte Andrés seufzend und verdrehte dabei die Augen. »Du bist so warm!«

»Und du so dumm! Warum hast du so viel getrunken? Wie kommen wir jetzt nach Hause?«

»Ich will nicht nach Hause. Heute Nacht nicht. Ich will, dass diese Nacht ewig dauert, ich will mich mit dir verstecken, mich in dir einschließen ...«

Er versuchte, dir das Undine-Kleid aufzuknöpfen, aber seine Hände waren so schwerfällig wie seine Zunge. An eure Ohren drang gedämpft der Klang von Musik. Vielleicht verpasstet ihr gerade etwas Interessantes bei diesem Maskenball. Aber was machte das im Grunde schon! Ihr wart zusammen, allein, und lagt euch in den Armen.

Auf einmal tauchten vor deinen geschlossenen Augen wie in einer Rückblende beim Film in schneller Folge die Bilder der jüngsten Vergangenheit auf: die Lampe im Operationssaal, der Rückspiegel des Kleinbusses, Selims Umhang, der Pfefferminztee, dein Blick zum Himmel auf der Suche nach dem Weg der Sterne ...

Weißt du noch, welche Platte in diesem Moment lief?

Frank Sinatra sang: *... my reason for living.*

»Was machen Sie denn hier?«

Die Putzfrau war zu Tode erschrocken, als sie euch am

Boden liegen sah, ganz hinten im Billardsalon, zusammengerollt unter einem der Tische.

»Entschuldigung, wir sind eingeschlafen. Wir gehen gleich zum Fest zurück . . .«

»Was für ein Fest? Hier ist niemand mehr.«

»Was soll das heißen, hier ist niemand mehr?«, hast du gefragt und Andrés geschüttelt, bis er die Augen aufschlug, groß wie Teller.

»Dass das Fest schon eine ganze Weile zu Ende ist! Ich bin gekommen, um hier wieder ein bisschen Ordnung zu machen, so gut es geht«, sagte die Frau und wrang den Wischmopp im Eimer aus.

»Wie spät ist es? Sieben? Acht?«

»Man sieht, Sie haben ganz schön über den Durst getrunken!«, murmelte die Frau und ging in Richtung Spiegelsaal davon. »Es ist schon nach zehn.«

Zehn Uhr. Nicht zu fassen! Die Stunden waren vergangen, ohne dass ihr es bemerkt hattet, ohne dass es jemandem aufgefallen war, dass ihr dort lagt; und selbst wenn – wer machte sich etwas daraus?

Auf der Straße waren erst wenige Leute.

Ihr habt euch zu Fuß auf den Weg zur Puerta del Sol gemacht, ohne daran zu denken, dass ihr verkleidet wart, bis euch auffiel, dass die Leute sich nach Attila umdrehten. Undine war besser getarnt unter ihrem Wollmantel.

»Hast du Lust auf heiße Schokolade mit *churros*?«, fragte Andrés, weil er seinen leeren Magen spürte.

»*Chocolat liégeois* mit *churros*?«, hast du mit einer gewissen Ironie gefragt.

»Ach ja, die Señorita trinkt ja nur Tee! Entschuldige, ich hab nicht dran gedacht . . .«

»Aber nein, Señorito ... Jetzt habe ich Lust auf heiße Schokolade mit *churros.*«

Die Chocolatería San Ginés machte nie zu, und ihre heiße Schokolade war berühmt in ganz Madrid: dick, dampfend, lecker duftend und schön heiß. Während sich bei der heißen Schokolade eure Laune wieder besserte und ihr euch nur angeschaut habt, als sei es das erste Mal, lächelnd, hast du ein Plakat bemerkt, das nicht weit von dort, auf der Plaza Mayor, für die folgende Woche eine Demonstration ankündigte. Da fing deine Hand auf einmal an zu zittern, und die Tasse fiel zu Boden, zersprang in tausend Stücke.

»Was ist los mit dir?«, fragte Andrés alarmiert.

»Nichts, gar nichts, es ist schon vorbei«, hast du gesagt und gespürt, wie dir Schweißperlen auf die Stirn traten. »Nichts ...«

Andrés brachte dich nach Hause. Als du dich auf ihn gestützt hattest, war dir, als hätten deine Kräfte dich auf einmal verlassen. Du hast die Schuld auf den Kater geschoben.

Du hast Andrés nicht erlaubt, mit hinaufzukommen.

»Danke, es geht schon wieder.«

»Wirklich? Ich rufe dich nachher an.«

»Wie du willst.«

Du hattest keine Lust zu reden; du wolltest dich nur ausruhen, dich wieder wohl fühlen.

Du hast dir einen Kamillentee gekocht, aber nach den ersten Schlucken wurde dir übel, und du hast ihn stehen lassen müssen. Das Beste war, dich ins Bett zu legen. Und den Rollladen herunterzulassen, damit nur wenig Licht hereindrang. Nach und nach hast du gespürt, wie dein Körper wieder zu Kräften kam. Und so ging es dir, als Andrés anrief, schon wieder ausgezeichnet.

Bis er dir dann von seiner nächsten Reise erzählte. Wieder ging er fort. Wie immer, wie fast immer. Er ließ sich über Einzelheiten aus: die Art von Versteinerungen, die sie suchten, das Team von Professor Soundso, die Ausgrabungen in Daundda und so weiter und so weiter und so weiter.

»Es ist nicht für lange, ich versprech's dir.«

»Na gut . . .«

»Wirst du auf mich warten?«

»Na klar . . .«

Kaum hattest du den Hörer aufgelegt, bist du wieder ins Bett gegangen und hast dich mit dem Federbett zugedeckt, denn auf einmal war dir wieder kalt, schrecklich kalt. Wieder warst du müde, sehr müde; müde, zu leben, Andrés zu ertragen, ständig auf deinen Vater Acht zu geben, auf deine Schwester, auf dich selbst . . . Später bist du eingeschlafen, ganz allmählich, unter großer Anstrengung, während du versucht hast, das Zähneklappern zu unterdrücken.

Tage später, als es dir schon längst wieder besser ging, führte dich deine Neugier auf die Plaza Mayor. Du hattest den Aufruf, den du in der Chocolatería gesehen hattest, nicht vergessen.

Auf der Plaza Mayor versammelten sich an diesem Nachmittag all diejenigen, die gegen Diskriminierung, gegen Rassismus, gegen Fremdenfeindlichkeit protestieren wollten. Die Reiterstatue von König Philipp III. wirkte gleichgültig gegenüber dem, was an die tausend

Menschen zum Ausdruck brachten in dem Wunsch, die Gesellschaft möge sich ein wenig ändern.

»Uns eint, was uns unterscheidet«, stand auf einem Transparent.

»Wenn du aus dem Regenbogen eine Farbe streichen würdest, wäre er nicht mehr so schön«, lautete ein anderes.

»Welche Sprache auch immer du sprichst, wir reden nicht aneinander vorbei«, verkündete ein drittes.

Ein spanischer Redner auf einer provisorischen Bühne, zu der eine Aluminiumleiter führte, machte einem Araber Platz, der über den Maghreb sprach, darüber, was Spanien für sie alle darstellte, darüber, was sie für Spanien tun wollten. Du hast dich dort wohl gefühlt; es freute dich, zu wissen, dass diejenigen, die anders lebten als du, auch deine Freunde sein konnten. Heimlich hast du die Narbe auf deiner Augenbraue gestreichelt.

Nicht weit von der Plaza Mayor warteten ein paar Skinheads mit Ketten auf die kleinste Gelegenheit, Krach zu schlagen und womöglich über die dort Versammelten herzufallen.

Du, Ada, hast auf einmal unbezähmbare Wut verspürt. Diese Ausländer, die dir das Leben gerettet hatten, die ihr Blut für dich gegeben hatten, waren deine Freunde, egal, was für einen Pass sie haben mochten, in welcher Sprache sie sich ausdrücken mochten.

Dagegen bewiesen diese Landsleute von dir – der eine oder andere sicher Sohn oder Enkel von Immigranten –, eine Unversöhnlichkeit und Intoleranz, die dir Angst machte.

»Hallo!«, hast du da eine dir bekannte Stimme hinter

dir sagen hören. Mavi gehörte zu den Organisatoren und trug einen Aufkleber auf der Brust. Sie lächelte dir zu.

»Hallo!«

»Ich freue mich, dich hier zu sehen.«

»Ich habe das Plakat gelesen und . . .«

»Ich freue mich sehr, dich hier zu sehen«, sagte Mavi hartnäckig, ohne allzu sehr auf deine Worte zu achten, nur auf deine Augen. »Hast du es eilig?«

»Nein, warum?«

»Um nachher ein bisschen zu reden. Jetzt muss ich den anderen helfen. Hoffentlich können wir verhindern, dass es Ärger mit denen da gibt«, sagte sie und deutete auf die Skinheads.

»Wenn du willst, kann ich dir helfen«, hast du mit einer gewissen Schüchternheit vorgeschlagen, denn im Grunde hattest du keine Ahnung, wie du dich der Gewalt entgegenstellen konntest, wenn sie denn losbrechen sollte.

Mavi legte dir einen Arm um die Schultern.

»Danke. Sieh mal!«, sagte sie und deutete auf die Menschenmenge. »Das sind alles meine Freunde. Unabhängig von der Hautfarbe, unabhängig von der Sprache.«

»Es sind auch meine Freunde, Mavi.«

»Stimmt«, sagte sie und ließ nicht zu, dass die schwarze Wolke der Erinnerung ihr Lächeln auslöschte, »aber das ist schon lange vorbei. Dir geht's gut, hab ich Recht?«

Sie sah dir fest und tief in die Augen. Du hast eine Verwirrung gespürt, die du nur mit einem nervösen Lachen besiegen konntest.

»Na klar! Sieht man mir das nicht an? Besser denn je. Gehen wir?«

Es gefiel dir, dass du einen Aufkleber mit einem antirassistischen Slogan an die Brust bekommen hast. Es gefiel dir zu spüren, dass du etwas für die anderen tun konntest, für Menschen, die dir bis zu diesem Moment unbekannt gewesen waren.

Es war an der Plaza Conde de Barajas oder vielleicht an der Plaza Puerta Cerrada?

Ein Bus vom Roten Kreuz warb für Blutspenden.

»Gehen wir?«, fragte dich Mavi voller Freude darüber, dass du dich dieser Geste anschließen würdest.

»Einverstanden, gehen wir«, hast du geantwortet, überzeugt davon, dass wenn einmal das Blut eines anderen dir das Leben gerettet hatte, dein Blut irgendeinem anderen Menschen das Leben retten konnte.

Während du auf der Pritsche gelegen und die Hand auf- und zugemacht hast, warst du dir absolut sicher, dass das, was du da tatest, gut war. Du hattest ein Gefühl von Leichtigkeit, wie es zweifellos Heilige verspüren mussten, wenn sie schwebten. Aber es wich einem Lächeln, als du daran gedacht hast, was Benito über Mavi gesagt hätte, wenn er sie auf der Liege neben dir gesehen hätte, in ihrem ärmellosen T-Shirt, das den Blick freigab auf ihre gekräuselte Achselbehaarung, und wie sie die Augen mal geschlossen hatte, mal offen, um dich anzusehen.

Auf einmal hast du gewusst, dass sie deine Freundin werden konnte, vielleicht diese Freundin, die du nie wirklich gehabt hattest. Und was noch besser war, es war nicht nur möglich, sondern du hattest sogar Lust dazu. Das löste zwei gegensätzliche Gefühle in dir aus: Dankbarkeit und Wut. Wut auf die Liebe, die kam und ging wie eine Schlange, und Dankbarkeit für eine Freundschaft, die möglicherweise an deine Tür klopfte. Vielleicht war eine Freundschaft sicherer als eine Liebe. In einer Liebe fordert man immer (dass du bei mir bist, dass du mich nicht verlässt, dass du bald zurückkommst, dass du nie mehr weggehst . . .); in einer Freundschaft gibt man. Oder ist es umgekehrt?

Was machte das schon! Nach dem Blutspenden würdest du mit ihr sprechen, würdest dich bedanken für ihr Verhalten in der Dadès-Schlucht, würdest ihr sagen, dass . . . Dich überfiel eine Art Benommenheit, und du hast gedacht: Das Wichtigste ist, dass du dich in diesem Moment ausgezeichnet fühlst.

Später dann in deinem Zimmer, als du auf dem Bett lagst, beobachtet von dem stummen Cello und dem Foto von Jacqueline du Pré, wurdest du poetisch und hast gedacht, dass dein Leben wie ein Traum war.

Und wenn jemand einen Roman daraus machte, würde es heißen, der Schriftsteller habe zu viel Phantasie; denn ein junges Mädchen kann sich nicht in Paris verlieben, in Marokko beinahe sterben, sich in Madrid verkleiden, für die Musik leben und sich für Versteinerungen interessieren, alles gleichzeitig.

Du hast tief Luft geholt und dir gewünscht, so bald wie möglich ans Konservatorium zurückzukehren, eine Wohnung zu mieten (etwas, was du fast schon vergessen hattest, das dir in diesem Augenblick jedoch absolut vorrangig erschien), Andrés dorthin zum Abendessen einzuladen (wenn er zurück war natürlich), bei Kerzenschein und deiner Lieblingsmusik (Bach, Sinatra, Brassens), Kissen auf dem Boden, Küsse, Leidenschaft, Erschauern …

Berta teilte dir mit, dass sie einen neuen Freund hatte. Mit dem Zauberer und seinen Taschenspielertricks hatte sie Schluss gemacht, um jetzt für einen der vielen Jurastudenten zu entflammen, der auf Videospiele stand. Dein Vater wollte ein paar seiner Cousins in Palencia besuchen, und ihr habt ihm zugeredet, damit er auf diese Weise ein wenig aus dem Haus kam. Hin und wieder rief dich Benito an, erzählte dir das Neueste aus dem Konservatorium und wünschte sich, du mögest bald wieder in den Unterricht kommen.

Selim schrieb dir ein paar Mal, wobei er seine Postkarten mit hochphilosophischen Sprüchen krönte, die aus dem Koran zu stammen schienen:

»Wenn die Menschen leiden, träumen sie vom Paradies. Aber der Weg, der uns dorthin führt, ist bereits das Paradies.«

Dich haben diese Sätze nicht gerade an den Propheten Mohammed erinnert, sondern an jemanden, dessen Name mit demselben Buchstaben anfing: Mahler. Von ihm gab es eine Symphonie, die zweite, genannt *Auferstehungs-Symphonie*, in der der Chor etwas Ähnliches sang. Du hattest es beschlossen: Dieses Jahr, das gerade erst begonnen hatte, würde entscheidend sein für dich und für deine Musik. Du hast Gaudi angerufen, um ihr zu sagen, dass du noch in dieser Woche den Unterricht mit Isabel wieder aufnehmen wolltest.

»So ein Zufall, dass du anrufst!«, sagte sie in einem Ton, der dir spröder vorkam denn je. »Ich wollte dich auch gerade anrufen.«

Ihr habt ausgemacht, dass du noch am selben Abend vorbeikommen würdest, und obwohl sie zum Schluss noch sagte, sie sei allein zu Hause, hast du geglaubt, sie meine wie immer Isabel.

Als du an diesem Abend bei ihr geklingelt hast, genau um drei Minuten vor sieben (du hast auf die Uhr geschaut, um dich zu vergewissern, dass du pünktlich warst), war es dennoch sie, die dir die Tür öffnete.

»Komm bitte rein!«

Du hast geahnt, dass etwas nicht in Ordnung war. Sie sah besorgt aus. Bestimmt wollte Gaudi mit dem Unterricht aufhören. Sie hatte wahrscheinlich finanzielle Probleme und ... Na ja, du würdest schon andere Schüler bekommen!

»Setz dich bitte! Magst du etwas trinken? Kaffee? Tee?«

»Einen Tee, danke.«

Noch nie hattest du Gaudi so förmlich erlebt. Sie versuchte ganz einfach, nett zu sein, aber man merkte ihr die Anstrengung zu sehr an.

An diesem Abend, Ada, warst du sehr schön mit deinem rothaarigen Zopf, deinem dunklen Pulli, deinen Augen von einem fast so intensiven Blau wie dem des Turbans, den du als Erinnerung an dein Glück aufbewahrt hast. Sie hatten gesagt, der Turban habe dir das Leben gerettet, dank des Stoffes sei dein Kopf nicht direkt auf die Felsen aufgeschlagen; und jetzt hing der Turban in deinem Zimmer auf einem Kleiderbügel neben einem Kimono, der dir als Hausmantel diente, und einer Baseball-Mütze.

»Sag mal, ist was?«

Gaudi pflegte auf Grund ihrer Arbeit als Krankenschwester die Dinge beim Namen zu nennen, mit klaren Worten, ja, aber zugleich versuchte sie, dabei einen natürlichen Ton anzuschlagen, damit ihre Patienten sich nicht beunruhigten.

Aber bei dir wusste sie nicht, wie sie anfangen sollte.

»Neulich hast du Blut gespendet, stimmt's?«

Du hast genickt und dich gefragt, was das wohl mit den Cellostunden zu tun hatte.

»Ehrlich gesagt, war es eine Anhäufung von Zufällen ... Ich habe eine Freundin in der Hämatologie, ich bin dort vorbeigegangen, um ihr Hallo! zu sagen, und da habe ich deinen Namen auf einer Akte gesehen ...«

Gaudi machte eine Pause, um zu schlucken.

»... Alles Blut, was die Leute freiwillig spenden, wird untersucht. Deins auch ...«

»Was ist mit meinem Blut los?«, hast du alarmiert gefragt.

»Es handelt sich nicht um eine Krankheit, das ist es nicht ...«

Gaudi versuchte, ihre Worte abzumildern, ohne recht zu wissen, wie.

»... Außerdem arbeitet die Forschung intensiv daran, und früher oder später – hoffen wir, dass es so bald wie möglich ist – wird man eine Lösung finden, du wirst schon sehen.«

Du bist zusehends bleicher geworden. Du warst noch genauso schön, aber dein Gesicht wurde dem einer

Wachsfigur immer ähnlicher. Sogar deine Sommersprossen verblassten.

»Es muss etwas geschehen, und zwar bald. Du bist nicht die Einzige; auf der Welt gibt es siebzehn Millionen Menschen wie dich. Du kannst ein normales Leben führen, und das sollst du auch; du musst nur auf dich Acht geben, dich alle sechs Monate untersuchen lassen, dich einer Behandlung unterziehen ...«

Noch war das schreckliche Wort nicht ausgesprochen; wahrscheinlich war es dir noch nicht einmal in den Sinn gekommen. Du hast dich gefragt, was diese Frau dir wohl mit so vielen Umschweifen zu sagen versuchte. Wovon redete sie eigentlich? Mehr noch, meinte sie wirklich dich?

»Du musst dein Gewicht und deine Temperatur genau aufschreiben, du musst deine Blutwerte bestimmen lassen, die T4- und T8-Lymphozyten, das Antigen p24, das Mikroglobulin, das ...«

Gaudi machte gerade den beruflich bedingten Fehler, mit dir in technischen Ausdrücken über etwas zu sprechen, das man in einem einzigen Wort zusammenfassen konnte.

»Sag mir, was ich habe.«

»Ada ...«

Gaudi machte eine Pause, um dir das Ergebnis einer Untersuchung zu zeigen.

»... Das hat bestimmt mit deinem Unfall zu tun; wir haben versucht herauszufinden, was für Blut du bekommen hast und ...«

»Und ...?«, hast du mit tonloser Stimme gefragt.

»Ada, mein Schatz.«

In einer Geste der Zärtlichkeit, die dich erschauern ließ, ergriff sie – genau wie es dein Vater getan hätte – eine deiner Hände, als wollte sie sie nie wieder loslassen, und endlich sprach sie es aus:

»Ada, du bist HIV-positiv.«

Sie redete und redete, vielleicht weil sie nicht wusste, wie sie aufhören sollte; vielleicht weil sie dich beruhigen wollte, indem sie dir Informationen über deine Situation anbot (»es ist keine Krankheit; es wird viel Zeit vergehen, ohne dass du sie auch nur bemerkst; die Forschungen kommen gut voran . . .«); oder vielleicht weil sie wollte, dass du spürtest, dass sie bei dir war, als Freundin und nicht nur als Mutter eines Mädchens, dem du bis zu diesem Augenblick Musikstunden gegeben hattest.

Warum ich? Wie kam es dazu? Was soll ich tun? Was wird aus meinem Leben?

»Es gibt nur zwei Formen der Ansteckung: Geschlechtsverkehr oder über das Blut.«

In deinem blauen Blick spiegelten sich wieder die Wände des kleinen Krankenhauses in Marokko. Und es kam dir so vor, als spürtest du wieder den Schwindel, der dich befallen hatte, während du den Abhang hinuntergestürzt warst.

»Du weißt ja, ich bin immer da, wenn du mich brauchst«, sagte Gaudi, während du mechanisch Richtung Tür gegangen bist.

Als du aus dem Haus kamst, schlug die Uhr einer nahen Kirche drei viertel. Viertel vor acht. Eine Dreiviertelstunde, nach der dein Leben vollkommen verändert war. In diesem Moment wolltest du nur allein sein, völlig allein, ohne ermutigende Worte, ohne Barmherzigkeit, ohne das Mitleid der anderen. Ganz allein.

Hattest du alle möglichen Vorsichtsmaßnahmen ergriffen und auf ihnen bestanden jedes Mal, wenn du mit Andrés zusammen gewesen warst, um nun in solch eine grausame Situation zu geraten?

War dies die unsichtbare Gerechtigkeit des Jenseits? Du konntest dich sogar fragen, ob in diesem Urteil die kleinste Spur von Gerechtigkeit steckte.

Du hattest das Gefühl, dass dich ab diesem Augenblick niemand würde begreifen können, niemand dir würde helfen können.

In ihrem fast einstündigen Monolog hatte Gaudi das Wort AIDS kein einziges Mal ausgesprochen. Sie hatte dir etwas von HIV gesagt, dass du HIV-positiv seist, dass du noch nicht krank seist, dass ... Aber du wusstest genau, was das zu bedeuten hatte: AIDS.

Während du durch irgendeine Straße von Madrid gegangen bist, ohne die Leute zu sehen, und mechanisch die Zebrastreifen überquert hast, sind dir die Tränen gekommen.

Du hast geweint vor Traurigkeit, vor Wut, vor Verzweiflung, vor Ohnmacht. Und du hast dir gesagt, dass es besser gewesen wäre, in der Dadès-Schlucht zu sterben als so zu enden. Tödlich zu verunglücken und dabei wenigstens den Weg der Sterne als Erinnerung zu haben.

Die Zeit nach dieser Eröffnung war eine echte Qual. Du hast dich im Spiegel angeschaut, hast erwartet, die ersten Spuren von dem zu finden, was in dir war. Es hat dich nicht getröstet, dass mehrere Millionen Menschen in der gleichen Situation waren wie du; es hat dich sogar noch mehr empört.

Warum tat niemand etwas? Warum wurde so viel Geld ausgegeben für Waffen, für Weltraumflüge, für Elektronik und Informatik, während die Menschheit von einer Seuche heimgesucht wurde, mit der es seit denen des Mittelalters nichts Vergleichbares gegeben hatte? Warum ...? Warum ...?

»Ich bin zu jung«, hast du gesagt, während du die Fingerspitzen über deine Wangen, die Ränder deiner Lippen, deine durchtrennte Augenbraue, deine Lider hast wandern lassen, »zu jung, um ...«

Du wolltest die Flucht nach vorn antreten. Und auch wenn dir völlig klar war, wie wichtig es war, dass du so bald wie möglich den Unterricht wieder besuchtest – deine Musik, deine Mitschüler, deine Hoffnungen, die an den Saiten des Cellos hingen –, so hat dich doch am meisten die Frage gequält, wen du in deine Krankheit einweihen solltest und wann.

Erst einmal bist du in deinem Zimmer geblieben und wolltest mit niemandem sprechen.

Dein Vater machte sich Sorgen:

»Mein Mädchen, ist was mit dir?«

Deine Schwester sah es mehr auf ihre Weise:

»Sie hat sich bestimmt mit Andrés gestritten; lass sie in Ruhe! So was kommt vor!«

Seit der Karnevalsfeier hattest du ihn nicht wieder gesehen. Und je mehr Zeit verging, Stunden, die dir vorkamen wie Wochen (ein Gefühl von unerträglicher Schwere, das dich nun nicht mehr verlassen würde, wie bei jemandem, der ständig durch Schnee stapft und dessen

Füße einsinken, der verzweifelt auf der Suche ist nach einer Zuflucht, so unbekannt diese auch sein mag), desto klarer hattest du vor Augen, wie in einem Spiegel, dass du es ihm sagen musstest.

Zuallererst ihm. Sobald er von seiner Reise zurückkam.

Ob du stark genug sein würdest?

Ab diesem Moment hast du auf seinen Anruf gewartet, aber zugleich hast du dir gewünscht, er möge dich nicht anrufen. Mit ihm zu sprechen hieß, ihn zu sehen, und ihn zu sehen hieß, mit ihm zu sprechen.

Wie würdest du es ihm sagen?

Mein Gott! Warum du? Womit hattest du das verdient? Gibt es überhaupt jemanden, der es verdient?

»Er soll mich nicht anrufen, er soll nicht bald zurückkommen, er soll mich allein lassen, allein, allein . . .«

Es war das erste Mal, dass du nicht bei ihm sein wolltest. Aber du wusstest auch: Egal, was geschehen mochte, nichts konnte das aufhalten, was du in dir trugst; aber vielleicht konntest du mit seiner Hilfe diese Trostlosigkeit überwinden.

Als du seine Stimme gehört hast, überfiel dich eine Art Schwindel: »Geht's dir gut?«, fragte er, als er merkte, wie schwach du warst.

»Ja, natürlich«, hast du gelogen.

»Ich finde dich ein bisschen komisch.«

»Komisch? Wieso denn?«

Du hast eine Pause gemacht, denn du warst kurz davor, in Tränen auszubrechen. Nein, am Telefon durftest du nicht weinen. Du musstest ihm von Angesicht zu Angesicht gegenübertreten, auch wenn dir dabei die

Knie zitterten ... Mein Gott! Wie würdest du es ihm sagen können?

»Passt es dir heute Abend um sieben im Retiro-Park, am Palacio de Cristal?«

Andrés nickte wohl am anderen Ende der Leitung, aber du hast seine Geste der Unruhe oder gar Verwirrung nicht gesehen, als er dich fragte:

»Könnten wir uns nicht vorher sehen, jetzt gleich?«

Nein. Du brauchtest deine Zeit. Von zu Hause zu Fuß zum Park laufen, sogar beschließen können, im letzten Moment umzudrehen; nicht hingehen und es auf einen anderen Tag verschieben.

Die Dämmerung brach herein. Die Bänke am Paseo de Coches waren so gut wie leer. Eine junge Frau machte einen Spaziergang mit ihrem Hund und rannte hinter ihm her, damit er nicht in den See sprang. Die Fontäne vor dem Palacio de Cristal versiegte plötzlich. Ihr Schweigen verwirrte dich. Während du die Enten und einen arroganten schwarzen Schwan beobachtet hast, umarmten dich zwei Hände von hinten.

»Rat mal, wer ich bin!«, sagte Andrés scherzend.

Du hast versucht zu lächeln, aber deine Lippen brachten nur eine Grimasse zu Stande.

»Ist was Schlimmes passiert?«

»Lass uns ein paar Schritte gehen«, hast du geantwortet und zugelassen, dass er dir den Arm um die Hüfte legte.

Aber wenn du ganz ehrlich sein sollst (und warum solltest du es unter diesen Umständen nicht sein? Was würdest du gewinnen, wenn du zurückhaltend und taktvoll wärst oder dich ganz einfach verstellen würdest?), diese Geste ließ dich erschauern. Einige Augenblicke lang warst du versucht, seinen Arm wegzuschieben, der dir vorkam wie etwas sehr Raues auf nackter Haut.

»Ich möchte, dass du es als Erster erfährst ...«, waren die ersten Worte, zu denen du dich durchgerungen hast.

Überrascht strich sich Andrés die Strähne aus der Stirn. Er dachte zweifellos das, was jeder Mann normalerweise denkt, wenn eine Frau sagt, dass sie ihm eine vertrauliche Mitteilung machen will: dass es einen anderen gibt oder gab. Es ist, als schrumpfe die Welt der Liebe in solch einem Augenblick zu einem winzigen Gärtchen zusammen, in dem nur zwei Blumen Platz haben.

Andrés dachte das bestimmt, aber er sagte nichts, wirkte nicht einmal besonders beunruhigt.

»Schieß los.«

Seine Worte, trocken und gebieterisch, hörten sich für dich an wie ein flüchtiger Peitschenhieb.

»Ja, Andrés, ich werde es dir sagen, weil ich glaube, dass du es wissen solltest, dass du es wissen musst.«

Und so hast du ihm die Einzelheiten deiner Reise nach Marokko erzählt, alles. Pfefferminztee bei Mondschein, Benitos Scherze, dein Wunsch, so bald wie möglich in die Wüste zu kommen, Selims Blick, alles. Bis du bei dem behelfsmäßigen Krankenhaus angelangt bist, bei der Transfusion mit infiziertem Blut, bei dem, was du vor kurzem erfahren hattest.

»Bist du sicher?«, fragte dich Andrés und wagte es nicht, dir dabei ins Gesicht zu schauen.

Du warst es, die ihn dazu gezwungen hat:

»Wie sollte ich nicht sicher sein? Glaubst du, ich erzähle dir das zum Spaß?«

»Ich meine ...«, stammelte Andrés, »ich meine, ob du sicher bist, dass du es auf diese Weise bekommen hast.«

Aber was stellte er sich denn vor? Du hast in deinem Magen – oder war es in deinem Herzen? – etwas wie eine Leere gespürt, als stürztest du noch immer in den Abgrund.

Deine Trostlosigkeit war riesig, und jetzt hast du brüsk seinen Arm zurückgestoßen, jede Berührung mit ihm, als hättest du einen elektrischen Schlag bekommen.

Deine Augen füllten sich mit Tränen, durch die hindurch du ihn verschwommen wahrgenommen hast.

»Andrés, glaubst du, ich würde dich bei so etwas anlügen?«

»Ich wollte dir sagen, dass ich für eine Weile weit weg muss, nach Israel, zu einer Ausgrabung ... Ich wollte, dass du mit mir fährst, und jetzt kommst du mir mit so was!«

Es erschien dir so trostlos, dass er dir in diesem Moment von irgendeiner Reise erzählte, als wäre das das einzig Wichtige, wo du doch von dir und deinem Leben sprachst!

Trostlos, einen Teil dieses Lebens einem Menschen geschenkt zu haben, der ...

Andrés ließ nicht locker, als sei er nicht einmal in der Lage, dein Leiden und deine Enttäuschung zu begreifen:

»Ich muss die Wahrheit wissen, versteh das, Ada.«

»Welche Wahrheit? Ich erzähle dir gerade meine Wahrheit, die schmerzhafteste meines Lebens, und du kommst mir damit, dass du nach Israel abhaust ... Als wäre das etwas entscheidend Wichtiges!«

»Ich hatte gedacht, dass du mit mir fährst ...«, fügte er hinzu, als habe er seinen Entschluss bereut.

»Hast du vielleicht mit mir darüber gesprochen?«, hast du aufbrausend erwidert. »Glaubst du, ich gebe meine Musik auf für deine blöden Versteinerungen?«

Auf einmal warst du leer. Das Gespräch kam dir so absurd vor – wie jeder von seinen Dingen sprach, praktisch ohne irgendwo zusammenzutreffen –, dass du dich wie ausgebrannt fühltest.

Schweigend seid ihr denselben Weg zurückgegangen.

Vom ehemaligen Raubtierhaus war nur noch ein mit steinernen Löwinnen verzierter Eingang übrig.

Der Affengraben war leer, die Bärenhöhle vergittert, und die Käfige der Tiger waren für die Zwecke der Stadtverwaltung umgebaut worden.

Der Kies knirschte unter euren Füßen.

Ein Säugling plärrte in einem Kinderwagen, der von einem karibisch aussehenden Kindermädchen geschoben wurde.

Die junge Frau mit dem Hund wartete jetzt, bis dieser zum x-ten Mal an einen Baumstamm gepinkelt hatte, als wolle er markieren, wo er vorbeigekommen war.

»Ada, bitte schau mich an!«, bat Andrés dich in einem letzten Versuch, schon ganz nahe am Ausgang des Parks.

Er, der nicht die Kraft hatte, in deine Augen zu tauchen, bat dich, stark genug zu sein, um seinem Blick Stand zu halten.

»Ich schaue dich an. Was siehst du? Bin ich äußerlich

anders? Habe ich mich verändert? Ekelst du dich vor mir?«

»Nein, das ist es nicht, aber versteh mich doch, ich muss sicher sein können, dass ...«

Die Sache war also, dass *er* verstanden werden musste, dass *er* sich einer Sache sicher sein musste, dass *er* ein ernstes Problem zu haben schien ...

»Ich gehe nach Hause«, hast du auf einmal gesagt in dem Gefühl, mehr allein zu sein denn je.

»Ich fahre dich«, sagte er und deutete auf das alte Motorrad, das so viel für euch bedeutet hatte.

Einen Augenblick lang warst du drauf und dran, sein Angebot abzulehnen. Sogar ihn zu ohrfeigen, weil er dich nicht verstand, weil er nicht verstand, was zwischen euch beiden geschehen war. Aber du hast dir gesagt, dass dies vielleicht deine letzte Chance war, etwas festzuhalten, von dem du spürtest, dass es dir gerade aus den Händen glitt. Doch wenn du es dir recht überlegtest – war es die Mühe wert?

Es hat dich Überwindung gekostet, dich an seiner Taille festzuhalten; es war dir absolut unmöglich, deinen Kopf auf seine Schulter zu legen.

Die Straßenlaternen waren gerade aufgeflammt, und es sah nach Regen aus.

Als ihr vor deiner Haustür angekommen seid, stellte Andrés nicht einmal den Motor ab.

»Hast du mir nichts mehr zu sagen?«

»Hast du mich nichts mehr zu fragen?«, hast du herausfordernd erwidert.

Andrés musste deine Herausforderung annehmen, von Zweifeln getrieben.

»Du musst mir unbedingt sagen, dass da sonst niemand gewesen ist. Der Araber oder sonst wer . . .!«

Du hast deine Hände zu Fäusten geballt, um deine Wut und deine Verzweiflung nicht an dem auszulassen, den du so sehr geliebt hattest. Dein Kinn bebte, du hast dir auf die Lippen gebissen und beschlossen, in seiner Gegenwart nicht zu weinen; nicht in seiner Gegenwart.

»Warte einen Moment. Ich bin gleich wieder da.«

Du bist die Treppe hinaufgerannt, ohne auf den Fahrstuhl zu warten. Ungestüm hast du die Tür aufgemacht, ohne den Gruß deines Vaters zu beachten, der seine Zigarette versteckte, sobald er dich hörte. Du hast die Partitur der Suite von Johann Sebastian Bach vom Notenständer genommen oder besser gesagt gerissen . . .

Für einen Augenblick, während du immer zwei Stufen auf einmal nahmst, hattest du Angst, Andrés könnte schon weggefahren sein. Aber nein, dort war er noch, saß auf seinem sonderbaren granatroten Motorrad mit dem violetten Pfeil, bei laufendem Motor, als warte er immer noch auf eine Antwort auf seine Fragen.

»Hier. Das hast du mir einmal geschenkt, als ich weggefahren bin. Heute gebe ich es dir zurück, bevor du wegfährst.«

»Ich möchte, dass du es behältst«, sagte er, unfähig, deinem Blick standzuhalten, diesem Blick, der ihm so sehr an dir gefallen hatte, der ihm nun jedoch unerträglich schien wegen seiner Offenheit; vielleicht auch wegen seiner Härte oder sogar Grausamkeit.

»Ich möchte nicht, dass du mich anrufst, ich möchte nicht, dass du mir schreibst . . .« Du musstest schlucken, um die Tränen zurückzuhalten, die aus deinen Augen sprudeln wollten.

Ein paar Sekunden lang warst du unschlüssig. Du wusstest, dass er dir vielleicht verzeihen würde, wenn du dich in seine Arme werfen würdest. Aber was hatte er dir zu verzeihen? Vielleicht würde er dich wieder an sich drücken. Aber warum solltest du dich ihm ausgeliefert fühlen? Warum?

Sogleich schied diese Möglichkeit für dich aus. Mehr denn je musstest du leben, unbedingt. Aber in seinem Blick hast du bedauerlicherweise keinen Grund mehr zum Leben gesehen. Du hast dich umgedreht und warst dir bewusst, dass dies möglicherweise das letzte Mal war, dass du ihn sahst.

Bereits am Portal kamen dir wieder die Tränen, während du gehört hast, wie das Motorrad davonbrauste. Es war ein krampfhaftes, unkontrolliertes Weinen; aus Traurigkeit, ja, aber auch und vor allem aus Einsamkeit, aus Verlassenheit.

Ein Wunder, ein Wunder!«, schrie Benito, als er in Toscaninis Unterricht hineinplatzte, kaum fünf Minuten, bevor dieser zu Ende gewesen wäre.

»Tun Sie mir den Gefallen, und verschwinden Sie!«, befahl ihm der Dozent und fuchtelte dabei mit der Hand, als schwenke er einen Taktstock.

»Entschuldigen Sie, aber die Sache ist die . . . Sehen Sie!«

Benito hatte sich von Toscaninis Befehl nicht beeindrucken lassen und legte ihm eine Zeitungsseite auf den Tisch.

»Der berühmte Dirigent Carlo Maria Giulini kündigte gestern in der *Residencia de Estudiantes* an, dass er in Spanien die zweite Symphonie von Mahler dirigieren wird, vorausgesetzt, dass in dem Orchester Schüler vom Konservatorium mitspielen ...«

»Finden Sie nicht, dass das ein doppeltes Wunder ist? Zum einen, dass er hier auftritt, und dann noch mit uns!«

Ebenfalls überrascht von dieser Nachricht erklärte der Toscanini den Unterricht sofort für beendet. Begierig las er die Meldung und lief zur Direktion, um die Angaben zu überprüfen.

»Das ist großartig, Ada, großartig! Kannst du's dir vorstellen: du und ich dirigiert von Giulini?«

»Das wird man sehen, Fiedelkratzer«, sagte Mavi, die Klarinette spielte. »Wir werden sehen, auf wen die Wahl fällt!«

»Sei still, du Pfeife! Wo es eine gute Viola da Gamba gibt, sollte man aufhören, durch ein kleines Loch zu pusten ...«

Für dich war diese Nachricht wie der Startschuss, auf den du gewartet hattest, seit Andrés aus deinem Leben verschwunden war. Genau wie du ihn gebeten hattest, hatte er nicht mehr angerufen oder geschrieben. Deshalb war die Tatsache, dass der große Maestro aus Barletta mit einigen von euch Mahler dirigieren würde, wie eine Art Licht, auf das du zugehen konntest. Dein Optimismus sagte dir, dass du unter den Auserwählten sein würdest, falls dieses Wunder Wirklichkeit würde. Du würdest mit deinem Cello dazu beitragen, dass die *Zweite Symphonie* zum außergewöhnlichsten Moment deines Lebens werden würde!

Zu diesem Zeitpunkt hast du verschiedene große Entschlüsse gefasst:

Du hast das Tagebuch verbrannt, das dir bis zu diesem Augenblick ein Vertrauter gewesen war. Von nun an würdest du alles, was du zu sagen hattest, dem Spiegel sagen; was man dir mitzuteilen hatte, würdest du alle sechs Monate im Krankenhaus erfahren.

Du hast dir das Haar abgeschnitten, genau wie du es in einem Film gesehen hattest, als die Hauptdarstellerin beschloss, ihr Leben zu ändern. Dein wunderschöner roter Zopf lag jetzt in einem Schuhkarton, ganz ähnlich dem, der in deiner Kindheit den Seidenraupen als Palast gedient hatte.

Du hast dir eine Dauerkarte für ein Schwimmbad bei dir in der Nähe gekauft, wo du bis zur Erschöpfung schwimmen wolltest, wenn dich die Erinnerungen oder dunkle Gedanken heimsuchten.

Und du bist von zu Hause ausgezogen. Vielleicht konntest du im Alleinsein, im körperlichen Alleinsein auf irgendeine Weise die Ruhe finden, die dich verlassen hatte.

Als dein Vater von deiner Krankheit erfuhr, war er in eine schwere Krise geraten, auch wenn du sie nie ausschließlich darauf zurückgeführt hast, denn er tat so, als habe sie mit seiner Lunge zu tun, ein Rückfall wegen des Rauchens. Das Rauchen, das er genau ab diesem Moment für immer aufgab.

Berta, untröstlich, wusste nicht, was sie dir sagen sollte. Sie hat dich bloß angeschaut, sie hat dich ständig angeschaut, heimlich, verschwiegen, und dir mit ihren Augen all ihre Hilfe und ihre Freundschaft angeboten. Seltsamerweise hatte Berta angefangen, genau hinzuschauen.

»Es ist besser so«, hast du zu ihnen gesagt und ihnen die Schlüssel zu der Wohnung gezeigt, die du gerade gemietet hattest. Die ersten drei Monate waren gesichert; danach würdest du dir schon etwas einfallen lassen ..., falls dir überhaupt noch Zeit blieb, dir etwas einfallen zu lassen.

»Wenn es dir so lieber ist, mein Mädchen«, sagte dein Vater und schloss dich in seine Arme, »du weißt ja, wo du uns findest.«

»Papa, ich gehe doch nicht ans Ende der Welt«, hast du gerührt erwidert. »Uns trennen bloß zwei Bushaltestellen.«

Die Wohnung ging zum Hof und war klein: deine Zuflucht, deine Einsiedlerhöhle, dein Schlupfwinkel. Sie war mittelmäßig möbliert bis auf einen Ohrensessel mit grünem englischem Samtbezug. In ihn hast du dich gesetzt oder vielmehr gelegt, die Füße auf einem Hocker, und die Decke angestarrt oder dir die beiden Videos angesehen, die du über Jacqueline du Pré gefunden hattest. Die berühmte Cellistin zeigte sich trotz ihrer Krankheit so voller Leben beim Spielen von Schubert, Boccherini, Schumann, Bach, dass ihre Begeisterung ansteckend wirkte.

Von Zeit zu Zeit hast du deine Hand über dein Haar gleiten lassen (jedes Mal, wenn du dich im Spiegel angeschaut hast, hast du mit einer gewissen Bitterkeit gelächelt) und dir insgeheim gewünscht, es möge so schnell wie möglich wieder wachsen.

Im Konservatorium hattest du niemandem etwas gesagt; als HIV-Positive hattest du das Recht zu wählen, welche Menschen du über deine persönlichen Angelegenheiten ins Vertrauen zogst.

»Meine Señoritas und Señoritos«, so pflegte sich der Toscanini auszudrücken, wenn er sich an eine große Klasse wandte, »heute werden wir uns damit beschäftigen, was für eine Beziehung im Lauf der Geschichte zwischen den großen Musikern und ihren Frauen bestanden hat. Wagner mit Cosima, Mozart mit Constanze, Mahler mit Alma . . .«

Du hast seine Worte gehört, als wäre es Regen hinter den Fensterscheiben. Offen gestanden hast du dich sehr allein gefühlt inmitten dieser Klasse, in der niemand, absolut niemand dich zu verstehen schien.

». . . Die Schlussfolgerung ist gewöhnlich immer dieselbe: ›Cherchez la femme . . .‹ Hinter jedem großen Mann steckt immer eine wichtige Frau.«

Aus deinem Herzen kam instinktiv eine Antwort, die du nicht öffentlich gemacht hast: Und hinter jeder großen Frau steckt immer ein mittelmäßiger Mann.

Deine Augen wurden feucht, und kaum war der Unterricht zu Ende, bist du zur Toilette gelaufen, um dir das Gesicht zu waschen, wie im Versuch, alle Spuren deiner Vergangenheit zu tilgen. Mit leicht zitternden Lippen und zusammengebissenen Zähnen, wie wenn man sehr friert, hast du dich gefragt, warum für die Frau die Liebe fast immer an erster Stelle steht, und warum hingegen für den Mann die Liebe fast immer die zweite Stelle einnimmt nach seiner Arbeit. Warum dein ganzes Wesen geschwungen hatte bei der bloßen Erinnerung an Andrés; warum deine ganze Musik nichts als eine Verlängerung seines Lebens an deiner Seite gewesen war; während für ihn nur seine Versteinerungen zählten ... und seine Angst.

Als verschaffe dir die Rückkehr in die Kindheit Erleichterung, hast du abends eine Gewohnheit wieder aufgenommen, die dein Vater ersonnen hatte, wenn du als Kind nicht hattest essen wollen. Deine Mutter war verzweifelt, weil du nie mit dem Abendessen fertig wurdest, und dann griff dein Papa ein mit seinen »Gespenstern«. Die »Gespenster« waren Bildchen, die er unten auf die Milchgläser klebte und die nur deutlich zu erkennen waren, wenn du alles ausgetrunken hattest. Das Glas Milch mit seinem jeweiligen »Gespenst« war der Nachtisch, die Belohnung für das Mädchen, das brav zu Abend gegessen hatte.

Wie oft hast du die Tortilla oder die grünen Bohnen nur aufgegessen in der Hoffnung, dein »Gespenst« zu entdecken, zu sehen, ob an diesem Abend unter der Milchschicht Pluto, Bugs Bunny oder Conan der Barbar auftauchte! Nur dass jetzt du dir die Milch eingeschenkt hast und auch die Bildchen gemalt und unten auf das Glas geklebt hast.

Welches waren jetzt deine »Gespenster«? Ein Cello, ein Fragezeichen, irgendeine Musiknote oder an manchen Tagen, wenn du fandest, du seist besonders brav gewesen, eines der Gesichter der Mädchen von Renoir, aus der Postkarte ausgeschnitten, die Madame Jeanson dir geschickt hatte. Diese Mädchen waren wie Berta und du, als ihr klein wart; wenn du sie angeschaut hast, warst du auf einmal glücklich, als wäre nichts geschehen, als geschähe nicht etwas in deinem Inneren.

Nach und nach, fast ohne dass du es gemerkt hast, bist du gar nicht mehr ohne deine kleinen Angewohnheiten ausgekommen: dich im Spiegel anzuschauen, das Cello zu streicheln, deine Finger über dein kurzes Haar gleiten zu lassen, im Geiste immer dieselben Worte zu wiederholen, keinerlei Bedürfnis zu verspüren, mit jemandem zu sprechen, durch das Fenster auf den Hof hinunterzuschauen, tausend und ein Mal dieselbe Melodie zu singen, dich zu fragen, warum, warum, warum, das Telefon anzustarren ...

Das Klingeln des Telefons hatte dich aufgeschreckt, und du hast gezögert, ob du drangehen solltest. Sehr wenige Menschen kannten deine neue Telefonnummer.

»Ja bitte?«

»Hallo Ada!«

Du hast ein paar Sekunden gebraucht, bis du sie erkannt hast, diese spröde Stimme, die jedoch nett zu klingen versuchte.

»Hallo Gaudi, wie geht's?«

»Ich bin dir böse«, warf sie dir ohne Umschweife an den Kopf. »Willst du uns eigentlich hängen lassen?«

»Ich weiß nicht«, hast du dich entschuldigt, »ich dachte, du willst vielleicht nicht, dass ich Isabel wieder Stunden gebe.«

»Und warum? Darf man erfahren, warum?«

Entschlossen machte Gaudi dir diesen Vorwurf.

»Du bist ihre Lehrerin, und das Schuljahr ist noch nicht zu Ende. Wir erwarten dich morgen um sieben, einverstanden?«

»Einverstanden.«

Vor dem Auflegen hast du ihr von ganzem Herzen

gedankt. Sie hatte dich nicht wie eine Kranke behandelt (sie hatte dir gesagt, das seist du nicht), es jagte ihr keine Angst ein, wenn du mit ihrer Tochter zusammen warst, dass du ihr Unterricht gabst, dass du mit ihr spieltest.

Was du an diesem Abend im Spiegel gesehen hast – vor dem Zubettgehen und nachdem du noch mit deinem Vater und deiner Schwester gesprochen hattest –, missfiel dir nicht so sehr wie an anderen Tagen. Da hast du dein Glas Milch mit den Klavier spielenden Mädchen von Renoir als »Gespenstern« getrunken.

»Einmal hast du mich gefragt«, sagtest du zu Isabel, nachdem du sie dir auf die Knie gesetzt hattest, »warum Jungs so gefühllos sind. Jetzt weiß ich es.«

»Ja? Warum?«

»Weil sie Angst haben.«

»Und wovor haben sie Angst?«, wollte das Mädchen wissen.

»Vor so vielen Dingen . . .! Zum Beispiel vor einem Blick. An dem Tag, an dem du mit deinen riesigen Augen einen Jungen wirklich anschaust, wirst du sehen, wie ihm die Hosen auf den Boden rutschen«, hast du scherzend gesagt.

Isabel lachte lauthals.

In dieser Haltung überraschte euch Gaudi, die euch Milchkaffee und Gebäck brachte.

»Entschuldige, ich hatte vergessen, dass du lieber Tee trinkst«, sagte die Krankenschwester, zufrieden, weil ihre Tochter glücklich aussah, und zweifellos auch, weil du glücklich ausgesehen hast.

»Nein, lass nur, ich trinke den Milchkaffee, ich hab Lust drauf.«

Du hattest Lust, deine kleinen Angewohnheiten nach und nach zu ändern. Genau wie du es mit deinem Tagebuch oder mit deinem Haar getan hattest, so würdest du von nun an für immer vergessen, dass du einmal lieber Tee getrunken hattest.

»Was gibt's Neues im Konservatorium?«

»Keine Ahnung. Die Dozenten wollen es bis zum Schluss spannend machen. Vielleicht damit wir uns anstrengen ...«

»Du wirst schon sehen, sie werden dich auswählen für dieses Konzert von Mozart.«

»Es ist nicht von Mozart, es ist von Mahler, seine zweite Symphonie, die Auferstehungs-Symphonie.«

»Ist sie schön?«

»Wunderschön. Lang, tief, bewegend. Wenn ich das Glück habe, ausgewählt zu werden, bringe ich euch Eintrittskarten mit.«

»Vorher können wir sie uns zusammen anhören«, sagte Gaudi und zog eine CD aus ihrer Handtasche, die zeigte, dass die Verwechslung von Mozart und Mahler nur ein Scherz gewesen war. An diesem Abend bist du dann noch bei ihnen geblieben und hast dich Satz für Satz vertieft in diese wunderbar komponierte Musik, in der das Orchester sich mit den Sopransoli und dem Chor aus mehr als hundert Personen mischte.

Und du hast dir schon die Anweisungen des italienischen Maestro vorgestellt, wenn du bei den Streichern mitspieltest.

Die Musik, diese Musik, die allmählich die von Bach, die du in Paris gehört hattest, aus deinem Herzen verdrängt hatte, hat dich verfolgt, bis du dich ins Schwimmbecken gestürzt hast. Immer auf deiner Bahn, bist du eine Dreiviertelstunde der Länge nach auf- und abgeschwommen, hast dir deinen Weg durch das Wasser gebahnt in deinem schwarzen Badeanzug mit tiefem Ausschnitt, der den Ansatz deiner Brüste sehen ließ, und die Blicke des Bademeisters auf dich gezogen. Er hieß Toni, und vom ersten Moment an hast du bemerkt, dass er dich beobachtete.

»Allein? Kommst du allein?«

»Das siehst du doch.«

»Um in Form zu bleiben, das ist gut. Auch wenn du das ehrlich gesagt nicht besonders nötig hast . . .«

Das schien ein Kompliment zu sein, aber für dich war es vor allem ein Warnsignal. Mit diesem jungen Mann zu flirten konnte anregend sein, aber wäre es das auch noch, wenn du ihm sagen müsstest, was mit dir los war?

Obwohl – warum musstest du es ihm denn sagen? Wenn eure Beziehung sich nur im Schwimmbad abspielte, gab es dafür keinen Grund. Aber wenn du anfingst, dich außerhalb der Schwimmstunden mit ihm zu treffen, wäre es unfair, es nicht zu tun. Und was würde dann geschehen?

»Tut mir Leid, Toni, aber mein Freund wartet auf mich«, hast du ihn angelogen.

»Das tut mir auch Leid«, sagte Toni und ging wieder an die Arbeit, indem er die Schwimmwesten und Wasserbretter einsammelte.

An diesem Abend ging es dir schlecht, weil du Toni

angelogen hattest, und du hast nicht die Klavierspielerinnen von Renoir als »Gespenster« benutzt. Auf dem Grund des Glases erschien ein zittriges schwarzes Fragezeichen.

Und wie in einer plötzlichen Anwandlung hattest du an diesem Abend anstatt auf Milch eine unbändige Lust auf einen eiskalten, süßen *chocolat liégeois* mit viel Sahne.

FÜNFTER SATZ: IM TEMPO DES SCHERZOS. WILD HERAUSFAHREND

». . . In heißem Liebesstreben
Werd ich entschweben
Zum Licht, zu dem kein Aug gedrungen!
Sterben werd ich, um zu leben!
Aufersteh'n, ja aufersteh'n wirst du,
Mein Herz, in einem Nu!
Was du geschlagen,
Zu Gott wird es dich tragen!«

Es wirkt wie ein grausamer Scherz, aber am meisten hat dich damals gequält, dass du die Löwen von Chinchón nicht sehen konntest. Wenn du ein eigenes Auto gehabt hättest, wärst du, ohne zu zögern, hingefahren, um bei ihnen zu sein. Aber du wolltest deinen Vater nicht behelligen und schon gar nicht den neuesten Begleiter deiner Schwester, ein piekfein aussehendes Herrensöhnchen.

Was wolltest du den Löwen sagen? Oder besser gesagt, was wolltest du sie fragen?

Zweifellos verstanden sie mehr von den Menschen als du; oder zumindest von einem bestimmten Menschen, der sich nach Israel abgesetzt hatte, nach Palästina, um Spuren unserer zu Versteinerungen gewordenen Vorfahren zu suchen.

So war das Leben.

Andrés versuchte, irgendwelche Überreste zu finden, während er vor dem flüchtete, was direkt vor ihm lag. Wozu dann Rosen schicken? Du hast die Blütenblätter in deinen Büchern gesucht (Juan Ramón Jiménez, Silverberg, Durrell . . .). Aber als du bei Dostojewski angelangt bist, hast du dir gesagt, dass das nicht richtig war. Dass die Dinge an ihrem Platz bleiben mussten, ohne noch mehr an ihnen zu rühren.

Der Toscanini war glücklich. Während er hin und wieder seine extravaganten weißen Schnurrbartenden zwirbelte – eine Nachahmung derjenigen des berühmten Dirigenten –, wiederholte er ein ums andere Mal, dass die Entscheidung von Maestro Giulini eine Ehre für euch alle war.

»Meine Señoritas und Señoritos, noch niemals in der Geschichte der Musik hat es jemand gewagt, professionelle Musiker mit Schülern des Konservatoriums zu mischen. Das wird in die Geschichte eingehen, es wird im Fernsehen in alle Welt übertragen werden. Und die Auserwählten sind wir!«

Noch wusste man nicht, wer die Auserwählten waren (in Wirklichkeit würden es nur acht oder zehn Schüler des Konservatoriums sein bei einer Gesamtzahl von einhundertzwanzig Instrumentalisten), und du hast hart gearbeitet, um eine von ihnen zu sein.

Benito auch, obwohl seine Chancen noch geringer waren, und das wusste er:

»Vor ein paar Jahrhunderten, zur Zeit von Marin Marais, war die Viola da Gamba die Königin der Instrumente; heute habe ich nichts zu tun . . .«

»Komm, Beni, sei nicht so pessimistisch! Ich lade dich zu einem Eis ein.«

Es war wieder warm draußen. Seltsam, wie du vor lauter Schmerz in dir kaum den Wechsel der Jahreszeiten bemerkt hattest. Dir war schon aufgefallen, wenn es regnete, ob die Sonne sich zeigte oder im Retiro-Park die Blumen blühten. Aber in deinem tiefsten Inneren hattest du kein sehr klares Zeitgefühl. Einerseits war alles sehr schnell gegangen; aber andererseits waren in deinem Leben so unglaublich viele Dinge geschehen, dass es dir wie eine Ewigkeit vorkam.

An diesem Tag, während ihr Eis gegessen habt, hast du dich noch dazu über Benito ärgern müssen. Er hatte keine Schuld, das hast du später eingesehen. Aber in diesem Moment waren seine Worte für dich wie Schüsse ins

Herz. Und zwar nur, weil du, um deiner Melancholie zu entgehen, herumalbern wolltest.

»Warte, warte, wiederhol's noch mal«, bat dich Benito mit einem Klecks Vanilleeis auf der Nase. »Mal sehen, ob ich errate, wen du nachmachst.«

Aufgerissene Augen, herausgestreckte Zunge, verzogener Mund – auf diese Weise hast du eine dumme Grimasse geschnitten.

»Ich weiß, ich weiß, das ist eine Filmdarstellerin . . .«

Und nach einer Pause versuchte er es mit Raten:

»Cabiria? Nein, das ist nicht Cabiria! Das ist Gelsomina!«

Beides waren Figuren von Federico Fellini, aber den Namen der zweiten Figur hattest du schon einmal bei einer anderen Gelegenheit gehört, weißt du noch?

Scarlett O'Hara? Shanghai Lily? Gelsomina? Catherine Trummell?

Du hast Benito mit offenem Mund sitzen lassen.

»Was habe ich denn gesagt? Warte!«

»Bis morgen; wir sehen uns im Unterricht«, hast du schlecht gelaunt erwidert.

Du hattest nicht die geringste Lust, ihm in diesem Moment Erklärungen abzugeben: Paris war mit einem Schlag zu dir zurückgekehrt. Wenige Menschen kannten Gelsomina, die Hauptdarstellerin in *La Strada*; oder zumindest wussten nur wenige Menschen ihren Namen. Und jetzt hatte der zerstreute Benito dich mit ihr in Verbindung bringen müssen. Warum? Warum ausgerechnet er?

Warum ausgerechnet ich? Warum jetzt? Bin ich etwa nicht zu jung, um . . .?

Es war nicht möglich, Andrés endgültig aus deinem Leben zu streichen. Du hattest ihn schon mehrere Monate nicht gesehen, und doch tauchte er hin und wieder, wie bei einem akuten Anfall einer chronischen Krankheit, in deinem Gedächtnis auf, in deiner Erinnerung, in deinem Gefühl. Du musstest ihn für immer aus deinen Gedanken verbannen, wenn du deinen Weg nicht noch beschwerlicher machen wolltest.

Aber du hast dich allein gefühlt, so allein! ... Allein, wenn du dich im Spiegel angeschaut hast, wenn du nach Symptomen wie einem geschwollenen Lymphknoten hinter deinen Ohren gesucht hast, wenn du den Verdacht hattest, du hättest abgenommen, jedes Mal, wenn du dich in der Intimität deines Badezimmers auf die Waage gestellt hast, jedes Mal wenn du das Thermometer benutzt hast auf der Suche nach einem anormalen Anstieg der Temperatur (oder müsste man in diesem Fall sagen, er sei normal?) ...

Berta wollte nicht viel Aufhebens davon machen, damit du dich nicht wie eine Kranke fühltest, und hat dir von allem erzählt, wie immer, aber jetzt in aller Ausführlichkeit, als ob sie mit ihrer Genauigkeit deine Situation überdecken könnte.

Dein Vater konnte nicht anders: Er hat dich ständig angeschaut, manchmal verstohlen, dann wieder von Angesicht zu Angesicht, und dich voller Verzweiflung an die Hand genommen, als fürchte er, dies könne das letzte Mal sein, dass er mit seinem Mädchen zusammen war.

»Papa, mach dir keine Sorgen, mir geht's gut; das kann Jahre dauern, viele Jahre, und in der Zwischenzeit erfinden sie bestimmt etwas.«

Deinen Vater hat es nicht getröstet zu wissen, dass er sterben konnte, bevor die Krankheit auf brutale Weise in deinem Körper ausbrach. Im Gegenteil: Der Gedanke, dass er dich möglicherweise allein ließ mit diesem schrecklichen Fluch, versetzte ihn in noch größere Unruhe, und oftmals konnte er die Tränen nicht zurückhalten.

»Mein Mädchen, mein Porzellanwächter . . .«, rief er mit tonloser Stimme.

Du hast ihm mit einem Lächeln ein Taschentuch gereicht und ihm zwei Küsse gegeben.

»Hör zu! Mach die Augen zu, und hör zu!«, hast du ihn gebeten und das Cello ausgepackt.

Und einige Minuten lang hast du die ersten Melodien improvisiert, die dir in den Sinn kamen; oder zumindest hast du das gedacht, denn unweigerlich hatte diese Musik fast immer viel von Bach, Boccherini oder Schumann.

Mavi, deine Mitschülerin im Konservatorium, deine Reisegefährtin an jenem unglückseligen Jahresende, hatte für dich eine besondere Bedeutung gewonnen. Ihr Feingefühl war dir angenehm; sie bedrängte dich nicht, sie beharrte nicht darauf, in deiner Nähe zu sein. Nur an dem Blick, den sie dir zuwarf, hast du abgelesen, wie sehr sie sich freute, dass du dir das Haar so geschnitten hattest wie sie. Denn auch wenn ihr äußerlich sehr verschieden wart, gab es etwas, was euch verband.

Dass sie in deiner Nähe war, hast du normalerweise am Rascheln von Partituren und am Geräusch von Schritten gemerkt, die dir folgten. Wenn du dich umgedreht hast, blieb sie stehen und lächelte, ohne etwas zu verlangen, nicht einmal Unterhaltung. Anfangs hat sie dich ein wenig beunruhigt, aber dann verschmolz Mavis Schatten sanft mit deinem Schatten, und wenn sie fehlte, war es, als fehle auch dir etwas.

Eines Tages schließlich hast du dir einen Ruck gegeben und sie angesprochen:

»Hallo Mavi.«

»Hallo.«

»Was glaubst du, wer ausgewählt wird für das Konzert von Giulini?«

Mavi schaute dir in die Augen, vielleicht ein bisschen oberhalb deiner Augen. Anstatt auf deine Frage zu antworten, murmelte sie:

»Darf ich?«

Und noch bevor du reagieren konntest, berührte sie mit ihren Fingerspitzen die Narbe, dieses Andenken an eure Reise.

Du hast eine Art Schauder verspürt, vielleicht wegen dem, was diese Geste bedeutete, vielleicht wegen der bloßen Berührung. Aber Mavi verstand es, die Spannung, ja vielleicht die Magie dieses Augenblicks zu durchbrechen, indem sie dir sagte, dass die Wahl bereits getroffen sei, dass sie Toscanini mit dem Dirigenten überrascht habe, wie sie Daten und Namen austauschten.

»Aber wen auch immer sie auswählen«, versicherte Mavi, »ich weiß, dass du auf der Liste stehen wirst.«

»Sicher?«, hast du erfreut gefragt.

»Sicher. Du bist die Beste. Ich könnte nicht vor Publikum mit diesem Dirigenten spielen, und schon gar nicht Mahler . . . Wahnsinn! Ich würde nervös werden, ich würde miserabel spielen und würde nur erreichen, dass die anderen auch miserabel spielen. Es wäre eine Katastrophe!«

»Kein Problem«, hast du scherzend gesagt, »wenn sie nicht mich wählen, sondern dich, überlässt du mir deinen Platz.«

»Gebongt.«

Du bist auf Mavi zugegangen, um ihr einen Kuss zu geben für diese Geste und diese Worte des Vertrauens; und du weißt noch, wie sie reagiert hat: Zuerst versuchte sie, dir auszuweichen, dann ließ sie zu, deine Wange auf ihrer zu spüren. Danach gab sie dir auch einen Kuss, bevor sie hastig auf die Straße ging.

Es war eine kurze Unterhaltung gewesen, aber sie gab dir viel. Sie hat dir geholfen, dir darüber klar zu werden, dass es hinter dem äußeren Schein mancher Menschen uneingestandene Gefühle gibt. Gefühle, die ein einfacher Blick aufwecken kann. Sie hat dir auch geholfen, auf Benito zuzugehen und ihn um Entschuldigung zu bitten für deine schroffe Reaktion am Nachmittag zuvor.

An diesem Tag hast du im Schwimmbad immerzu gelächelt. Anfangs dachte Toni, dein Lächeln gelte ihm, aber bald begriff er, dass er sich getäuscht hatte, als er dich Bahn um Bahn auf- und abschwimmen sah, ohne ihn auch nur zu grüßen.

Es ging dir gut; nach langer Zeit hast du dich wohl gefühlt; und alles nur, weil du gerade eine unerwartete Zärtlichkeit bekommen hattest, von jemandem, der dir sehr wichtig werden konnte.

Die Veränderungen in deinem Leben haben dich stark gemacht. Die Erste, die es bemerkte, war Isabel: »Dir geht's gut, stimmt's?«

Nachdem du einen Moment überlegt hattest, hast du sie in die Arme geschlossen und mit Küssen bedeckt: »Mir geht's gut, das stimmt.«

»Warum?«

Genau: Warum? Hattest du Gründe? Hattest du vielleicht auf deinen üblichen Optimismus zurückgegriffen, um aus Blech und Pappe einen Palast zu bauen?

»Ich überlege, ob ich umziehe. Dann wohne ich mehr in eurer Nähe.« Diese Idee stammte von Mavi; sie lebte allein wie du:

»Warum teilen wir uns nicht eine Wohnung?«

Manchmal brachte dich ihr Blick durcheinander; er brachte dich durcheinander, weil du dir nackt vorkamst vor ihr. Wie in dem Traum, als du in der Höhle Cello gespielt hast. Aber gleichzeitig gefiel dir dieses Gefühl, das so weit von dem entfernt war, was du mit Männern erlebtest.

»Meinst du, es ist eine gute Idee? Werden wir uns vertragen?«

»Wir werden uns vertragen, ganz bestimmt.«

Die Idee nahm allmählich Form an in dir. Kosten teilen, einsame Stunden teilen, die Freundin haben, die du nie gehabt hattest ... Das konnte ganz wunderbar werden. Zwei Freundinnen, die wussten, was Frauen fühlten, ohne weiter darüber zu reden.

Und dann mit ihr bei ihren humanitären Aufgaben zusammenarbeiten, Demonstrationen gegen Ausländerfeindlichkeit organisieren, feministische Seminare oder

Konferenzen vorbereiten . . . An all dem teilnehmen, womit du dich schon immer identifiziert hattest, aber von dem du dich, vielleicht aus Bequemlichkeit, vielleicht, weil du nicht mit der richtigen Person zusammengetroffen warst, immer ein wenig fern gehalten hattest. Es war verlockend, eine weitere, neue Etappe deines Lebens zu beginnen. Sogar die Geheimnisse, die dieser Blick Mavis barg, zogen dich an.

Aber du hast beschlossen, all dies bis nach dem Konzert aufzuschieben. Alles, sogar die Worte, die du öffentlich sprechen wolltest, um alle Welt darüber zu informieren, dass du HIV-positiv warst, und auf diese Weise zu sehen, wer dich ablehnte und wer im Gegensatz dazu dir als wahrer Freund weiterhin zur Seite stehen würde.

Mavi war diejenige, die dir die Nachricht überbracht hat. Ihr Lächeln hätte gar nicht strahlender sein können:

»Herzlichen Glückwunsch!«

»Habe ich im Lotto gewonnen? Hat Brad Pitt sich in mich verliebt?«, hast du scherzend gesagt, während du an die erste Liebe deiner Schwester gedacht hast.

»Du wirst unter Giulini spielen!«

Du hast im Flur des Konservatoriums solch einen Schrei ausgestoßen, dass viele deiner Mitschüler sich überrascht umgedreht haben.

Aber nach der Freude kamen die Sorgen. Würdest du es gut machen? Würdest du der Situation gewachsen sein?

Mavi ergriff deine Hand.

»Ich war mir sicher. Ich wusste, die Wahl würde auf dich fallen.«

Und mit einer Feierlichkeit, die dich für einige Sekunden entwaffnete, fügte sie hinzu:

»Ich bin sehr stolz auf dich!«

Benito und ein paar andere Schüler durchbrachen die Vertraulichkeit dieses Augenblicks. Du hattest nicht einmal Zeit gehabt, dich bei Mavi zu bedanken, da hatte sie sich schon diskret zurückgezogen, als wolle sie zulassen, dass die anderen dir ebenfalls gratulierten.

Benito gab dir zwei klangvolle Küsse, man klopfte dir auf die Schulter, warf dir den einen oder anderen neidischen Blick zu, und diejenigen, die wie du vom Zauberstab berührt worden waren, umarmten dich.

»Herzlichen Glückwunsch, Ada!« Der Toscanini gratulierte dir und schüttelte dir herzlich die Hand. »Ab heute gibt's bis zum Konzert nur noch eins, sogar wenn du schläfst: Mahler, Mahler und nochmals Mahler.«

Benito hatten sie draußen gelassen, aber da er schon mehr oder weniger damit gerechnet hatte, machte es ihm nicht allzu viel aus. Mavi schien sich sogar zu freuen, dass sie nicht ausgewählt worden war, denn auf diese Weise würde sie dich von ihrem Platz aus besser betrachten können.

Berta zerfloss in Tränen; vor lauter Aufregung bekam sie Schluckauf, der erst nach einer ganzen Weile wieder aufhörte, nachdem du mit ihr herumgealbert und sie gekitzelt hattest.

Dein Vater schloss dich in seine Arme und verkündete:

»Das werden wir feiern, mein Mädchen, wir wollen uns volllaufen lassen mit . . . Litinés-Wasser.«

Wie früher habt ihr mit dem sprudelnden Wasser angestoßen, und an diesem Abend hast du vom Fenster deines alten Zimmers aus die Akazien auf der Straße zum ersten Mal nach langer Zeit wieder wirklich schön gefunden.

Der Konzertsaal war brechend voll.

Dir wurde erst wirklich bewusst, was da vor sich ging, als die Nationalhymne verklungen war und Ihre Majestät die Königin Platz nahm.

Das Konzert würde gleich beginnen.

Du hast dein mahagonibraunes Cello ganz fest gehalten, aus Furcht, das Instrument könne ein Eigenleben entwickeln und dir wie Wasser zwischen den Fingern zerrinnen. Du hast daran gedacht, dass du am Nachmittag mit einem Pappkarton in der Hand zum besten Friseur des Viertels gegangen warst. Darin lag das Haar, das du dir abgeschnitten hattest, und du hast darum gebeten, es als Haarteil eingesetzt zu bekommen. Du wolltest mit deinem Zopf von früher spielen, mit deinem roten Zopf, der dir auf die weiße Haut fiel.

Du hast ein Kleid aus schwarzer Seide getragen, und deine marineblauen Augen sind durch den großen Saal geschweift auf der Suche nach deinen Lieben.

Dort saßen dein Vater und deine Schwester, erwartungsvoll, aufgewühlt. Nicht weit von ihnen Gaudi und Isabel, unruhig. Du hast auch Mavi gesehen, wie sie mit den Fingern auf das Geländer der Loge fast genau dir gegenüber getrommelt hat.

Aber da war ein leerer Sitz.

Was jeder von denen, die draußen bleiben mussten, für diesen Sitz gegeben hätte! Du meintest natürlich nicht das Geld, sondern wie unfair das Fehlen dieser Person denen gegenüber war, die sich so sehr gewünscht hatten, das Konzert von Giulini zu hören.

Der italienische Maestro, sehr agil trotz seiner 84 Jahre, hatte gerade die Hände gehoben (in einer von ihnen den Taktstock, der der Musik so viel Ruhm eingebracht hatte), bereit, mit dem ersten Satz zu beginnen.

Allegro maestoso.

Du wusstest, dass nun für eineinhalb Stunden aus deinen Augen und aus deinem Kopf alles verschwinden würde, was nichts mit der Symphonie von Mahler zu tun hatte. In diesem Augenblick gab es für dich keine Familie, keine Freunde, keine Erinnerungen an die Vergangenheit, nicht einmal Zukunftspläne. Welche Bedeutung konnte ein unsichtbarer Virus schon haben im Vergleich zu der Erregung, in die du gleich geraten würdest?

Du brauchtest nicht einmal die Partitur, auch wenn du sie peinlich genau verfolgen würdest. Gemäß dem klassischen Ritual unter Orchestermusikern warst du sogar diejenige, die die Noten umblättern musste, eine Aufgabe, die immer den jüngsten Interpreten anvertraut wurde.

Du wusstest es auswendig: ein »erster Satz«, der von den Streichern eröffnet wurde; ein Tremolo der Geigen, unterstützt von den Bratschen und Celli, um den Kontrabässen Platz zu machen. Und dann, ganz allmählich, der Wechsel zu den Schlägen der Pauke und des Beckens, die Überleitung zu den hohen Blechbläsern, die unter ständigen Rhythmuswechseln wiederum zu den Streichern hinabtauchen würden, um die Zuhörer mitzureißen bis zu den tiefsten Geheimnissen der Komposition.

Obwohl du dort gesessen hast, auf der Bühne, und einer der Interpreten dieser phantastischen Symphonie warst, hast du dich manchmal wie von außen gesehen und einen Schauder verspürt.

Dir hat die Musik gefallen, du hast gerne dort gesessen, aber am meisten hat dich beeindruckt, dass die Musik und du für die anderen da wart. Dass ein Werk wie die *Auferstehungs-Symphonie* nur aufgeführt werden konnte, wenn sich mehr als dreihundert Personen unter dem Taktstock eines Maestros zusammenfanden. Und Carlo Maria Giulini war einer der größten Maestros.

Manchmal irrte dein Blick verloren auf den Noten herum, als schwebtest du. Dann musstest du auf die Erde zurückkehren, in der Erwartung, dass die Sopranistinnen das singen würden, was der Chor später aus tiefstem Herzen würde erschallen lassen:

O glaube, mein Herz, o glaube:
Es geht dir nichts verloren!
Dein ist, ja dein, was du gesehnt,
Dein, was du geliebt, was du gestritten!
O glaube: Du wardst nicht umsonst geboren!
Hast nicht umsonst gelebt, gelitten!

War es Einbildung von dir, oder sah der Dirigent dich in diesem Augenblick an, genau dich? Hattest du vielleicht falsch gespielt? Erwartete er irgendein Detail von den Celli, das ihr nicht auszudrücken vermocht hattet? Verständigte sich der Maestro Giulini mit dir vielleicht direkt über die Worte, die Gustav Mahler vertont hatte?

Nach und nach bildete sich in deinem Inneren eine Art

Stauwasser wie bei einem Fluss, der eine stürmische Biegung macht, dessen Wasser dabei zum Teil jedoch fast reglos bleibt, dort, wo später Wasserpflanzen wachsen werden.

Deine Hände führten den Bogen mal zart, mal schwungvoll, je nachdem, wie es erforderlich war, während du dem Sog dieser Symphonie folgtest, die für die Welt neu erschaffen wurde, als sei es das erste Mal, als sei es von neuem ihre Uraufführung. Und in diesem Augenblick war es nicht, als spieltest du wie Jacqueline du Pré, sondern in einer inneren Verwandlung warst du in diesem Augenblick wie sie!

Es sang die Sopranistin, dann der Chor, und sie bewegten sich unerbittlich auf die Schlussmomente zu. Angespannt, erwartungsvoll, ergreifend.

Mehr, mehr, es soll weitergehen, es soll nie aufhören, nie ...

Bis Giulini in einer sanften, aber entschlossenen abschließenden Geste euch alle zum Schweigen brachte. Eine Sekunde, eine Zehntelsekunde Schweigen, und gleich darauf ...

Tosende Begeisterung im ganzen Saal. Die Erregung sprang von eurem dankbaren Lächeln auf ein begeistertes Publikum über. Bravorufe mischten sich mit endlosem Applaus, der den italienischen Maestro zwang, sich noch zehn, fünfzehn Mal zu zeigen.

Du, Ada, hast dich so wohl gefühlt wie selten zuvor. Du wusstest, dass du, wenn auch nur geringfügig, zu dem Erfolg dieses Abends beigetragen hattest. Und ein letztes Mal hast du deinen Blick über das Parkett schweifen lassen.

Dein Vater, deine Schwester, deine Freundinnen ... und da war der leere Sitz. Während des ganzen Konzertes leer. Du hast zur Loge geschaut: Mavis Lächeln voller Stolz, möglicherweise auch voller Hoffnung.

Und dann hat sich dein Kopf nach hinten gedreht, vielleicht auf der Suche nach der Tür, dem Künstlereingang, durch den du die Bühne Momente später verlassen würdest. Die Tür, hinter der du, da warst du dir sicher, ein neues Leben beginnen würdest. Ganz gleich, wie lange es auch dauern mochte, ein neues Leben.

Und da spielte dir dein Herz zum letzten Mal einen bösen Streich.

Du hast dir vorgestellt, dass dort, in dem Flur, der zu den Garderoben führte, verborgen für alle außer für dich – er stand. Und du hast dir vorgestellt, dass dieser Schatten seiner war; dass Andrés zurückgekommen war, dass er dich gesucht und irgendwie gefunden hatte.

Anfangs ist es dir schwer gefallen, ihn wieder zu erkennen: Er trug das Haar länger und hatte sich einen Bart wachsen lassen. In seiner rechten Hand hielt er zusammengerollt eine Partitur, die du gut kanntest: J. S. Bach.

Du hast dir auch vorgestellt, wie du die Bühne unter dem unablässigen Applaus verlassen und auf ihn zugehen würdest, wie ihr euch einige Sekunden lang schweigend anschauen würdet ... Einige Sekunden, während deren ihr euch zu fragen schient, wer ihr wart, und vor allem, wer ihr von nun an sein würdet.

Dann würdest du mit Zartgefühl, mit einer gewissen Furcht, so, wie wenn man etwas Zerbrechliches anfasst, mit deiner Hand die Haarsträhne zurückschieben, die ihm in die Stirn fiel. Und fast gleichzeitig würde Andrés deine Narbe streicheln, deine durchtrennte Augenbraue, bevor er dich ungestüm umarmen würde, mit einer lange herbeigesehnten Leidenschaft.

Ada, ich liebe dich!, würde Andrés dann zu dir sagen und nun schon ohne jede Furcht von neuem oder auf neue Weise deine Lippen küssen.

Du hast deine Nägel in das Holz des Cellos gebohrt. Der Applaus holte dich in die Wirklichkeit zurück. Der leere Sitz war dir auf einmal vollkommen gleichgültig.

Ausgerechnet durch diese Sinnestäuschung war dir gerade bewusst geworden, wie wichtig die einzelnen Momente deines Lebens waren, ganz gleich, wie lange sie dauerten. Und dies war einer der faszinierendsten Momente deines Lebens.

Augenblicklich hast du Andrés' zusammengerollte Partitur vergessen und die Musik Mahlers wieder in dir gespürt. Und genau da, während dein Blick in ein neues Licht getaucht ist, wurde dir klar, dass du dabei warst, das Tor zur Burg zu öffnen, es genau so zu öffnen, wie es der bleiche Wächter aus Vaters Geschichte getan hatte.

Als es ganz offen stand, bist du durch die Flure gegangen, durch die Räume und Säle. Du bist hinauf- und hinabgestiegen auf der Suche nach dem Blinzeln der Sternschnuppe ...

Du hast einen Schauder verspürt, aber nicht vor Angst. Im Gegenteil: Du hattest gerade eine Entdeckung gemacht; du hattest gerade herausgefunden, in der Tiefe deiner Einsamkeit gespürt, dass deine Einsamkeit in deiner Stärke aufgehoben sein konnte. In der Festung, der Burg, die du gerade gebaut hattest mithilfe deiner Familie, deiner Gefährten, deiner Freunde.

Und diese Stärke, dieselbe, die dir erlaubte, auf Andrés zu verzichten, ohne den Riss des Schmerzes zu spüren, enthüllte dir ein Geheimnis, das bis dahin sorgfältig gehütet worden war: Der Wächter der Sandburg war nicht dazu da, die Festung zu schützen, nein. Er war dazu da, selbst der Weg zu sein, der zu den Sternen führte.

Der Weg zum Paradies ist bereits das Paradies.

In eben diesem Moment warst du wie er.
Du hast gelächelt, denn nun hattest du die Gewissheit, dass du auf diesem Weg, ganz gleich, wie lang er war, zum ersten Mal du selbst sein würdest; dass weder Schmerz noch Verzweiflung, ja nicht einmal der Tod eine Rolle spielte; und dass du dich genau deswegen nie wieder einsam fühlen würdest.